U0535760

[韩]金相贤 著
徐丽红 译

即使如此,
还是想滚烫地活着

桂图登字：20-2022-101

내가 죽으면 장례식에 누가 와줄까
Copyright © 2020 by Kim Sanghyun
All rights reserved.
Originally published in Korea by FeelmBook
Simplified Chinese translation copyright © Jieli Publishing House Co., Ltd., 2024
Published by arrangement with FeelmBook through Arui SHIN Agency

图书在版编目（CIP）数据

即使如此，还是想滚烫地活着 ／（韩）金相贤著；徐丽红译 . -- 南宁：接力出版社，2024. 11. -- ISBN 978-7-5448-8439-6

Ⅰ . I312.665

中国国家版本馆 CIP 数据核字第 202466PH62 号

即使如此，还是想滚烫地活着
JISHI RUCI, HAISHI XIANG GUNTANG DE HUOZHE

| 责任编辑：曹若飞 | 装帧设计：崔欣晔 | 营销主理：贾毅奎　蔡欣芸 |
| 责任校对：李姝依 | 责任监印：刘冬 | 版权联络：金贤玲 |

出版人：白冰　雷鸣
出版发行：接力出版社　　社址：广西南宁市园湖南路9号　　邮编：530022
电话：010-65546561（发行部）　　传真：010-65545210（发行部）
网址：http://www.jielibj.com　　电子邮箱：jieli@jielibook.com
经销：新华书店　　印制：北京科信印刷有限公司
开本：880毫米×1250毫米　1/32　　印张：8.125　　字数：107千字
版次：2024年11月第1版　　印次：2024年11月第1次印刷
印数：0 001—4 000册　　定价：49.00元

版权所有　侵权必究

质量服务承诺：如发现缺页、错页、倒装等印装质量问题，可直接联系本社调换。
服务电话：010-65545440

作者的话

人们很容易对未来充满期待，尽管不是所有的计划都会实现，而且一切都会改变，看似永恒的东西也会变化。

这是一个充满竞争的时代。尽管我只从事写作、经营公司等工作，然而，站在我的立场上看，我做的事情大都存在连续不断的竞争。为了从铺在柜台上的无数图书中吸引读者的眼球，封面要设计得漂亮，排行榜排在第几名、销量要达到多少册，等等。所以，有时候，太多太多的数字、猜忌和忌妒压迫着我们的心。

这次必须要有好结果，必须畅销，必须有人喜欢。这样的心情会产生压力，压力不断积累，溢出内心，就会殃及他人和社会。传达给他人和社会的压力不再是压力，而是变成了对他人遭遇不幸的期待。

我应该比他更好。我应该住在更好的地方，我应该开更好的车，穿更好的衣服。希望别人不如我幸福。希望他这次不成功。难道他就没有错？难道就没有需要道歉的事情发生吗？希望他不幸。

姜水石教授在《臂肘社会》一书中写道："竞争带来的悲剧之一，就是以他人的不幸作为自己幸福的基础。"现在如何，你又是怎样的呢？有没有被数字、猜忌和忌妒包裹全身？是否期待他人的不幸，就像期待自己的幸福那样？

我想在书中说三句话：第一，希望你最终幸福；第二，希望你成为好人，身边有好人相伴；第三，归根结底最重要的还是人。我认为人生的终极目标是幸福。我相信所有的事情都是为了幸福而做，人也是为了幸福而生活。

可是，幸福究竟从哪里来呢？我们周围有那么多人，有将人连接起来的爱。我想幸福就开始于人与爱。

我是一个有很多梦想的人，我希望自己将来继续做个充满热情的人。我想把周围变得更温暖。即使走在自己想走的路上，我也会犹豫，不知道这条路是否正确。想到今后的路，以及此时此刻的这条路可能充满危险，遍布艰辛，我也会产生挫败感。每当这时，安慰我的都是我对自己所从事工作的热爱，以及守护在我身边的人们。

有爱的人，有热爱的工作。有了这两样，人生足矣。我之所以抛出"竞争"一词作为话题，原因也在于此。睁眼闭眼都是无边无际的竞争，每天接触的事情都要通过竞争去面对，这么说丝毫不夸张。不过，归根结底最重要的还是人。但愿我们可以对讨厌的事情睁一只眼闭一只眼，尽情地与自己的过去竞争。不过我们在自责的同时，也应该留出充足的时间来安慰自己。

从未爱过生活的人,不会知道生活有多么美丽。愿我们用心去爱生活,爱事业,爱身边的人。愿我们每个人都幸福。

金相贤,二〇一九年

目 录

第一章

1
2　错误
4　关心与利己主义
8　偶尔需要这样的话语
12　善良与好欺负
16　焦虑不安
22　说得过去的理由
26　感觉
28　淋雨
32　关于态度
38　无论别人怎么说,我只想做我自己
42　人格与面具
48　我想要的生活

第二章

53
54　放下的心
56　春雨
62　礼尚往来
66　空调
72　关于表达
76　理解不同1
80　今天的快乐
84　只要有我们,足矣
86　粉红色座位
90　记忆与死亡

99		第三章
100	历史	
102	梦	
106	休息	
108	百分之百	
112	活出自己的色彩	
116	人	
120	艺术家	
124	一句话	
130	心灵和语言	
132	一捧沙	
138	放下	
140	麦迪逊公园11号	

145		第四章
146	总之,你要幸福	
148	心态	
150	责任	
152	月光和真心	
154	渴望过好生活的心情	
156	下划线	
158	练习放松	
164	判断	
168	我这个人	
176	理由	
178	忧伤的文字	
182	不得已	
186	一流和二流	
188	幸福	

第五章

- 191
- 192 对内的标准
- 196 如果不开始，就无法起步
- 200 第一次冒险
- 206 忍耐的价值
- 210 反证
- 216 原来如此
- 222 理解不同2
- 228 计划和运气之间
- 232 令我充实的一切
- 236 幸福在我心里
- 240 用心
- 244 祝词

第一章

错误

不懂得珍惜，总是贪图新的；对没得到的耿耿于怀，重要的却被搁置心底。明明知道离开的时候会后悔，明明知道后悔也来不及，却还是重复同样的错误。是的，我很愚蠢。

关心与利己主义

炎炎夏日，气温直达当年的顶峰。也许是前一天下过雨的缘故，空气潮湿，让人感觉很不舒服。

偏偏在这样的日子里，我有事要去趟弘益大学。走向地铁站的路上，我已经浑身是汗，狼狈地扎进了地铁。因为是工作日的下午，我本以为乘地铁的人寥寥无几，却没想到人潮涌动，和通勤时差不多。这样炎热又潮湿的天气，不光是我，大家都满头大汗，浑身散发着不快。

平时我会小心翼翼，尽量不碰着别人。这时，突然觉得是不是只有我这么小心。我注视着这些人。有人试着在有限的空间里站得更舒服；有人试着尽可能地占有更多的空间；别扭和不爽堆满车厢，有人仍在想方设法，蜷着身体看视频；有人在努力对抗狭小逼仄的空间，守护自己在意的东西；有人甚至还挥动着打开的雨伞。

有限的空间，拥挤的人群，连空气都在缝隙里步履维艰。在这个弥漫着温热的密闭空间里，我后悔了。为什么偏偏赶在这天坐地铁？我开始抱怨选在这样的日子相约见面的自己和朋友。然后，我又瞥了瞥蜷着身体狂刷视频的染发男子。

"真希望所有人都消失不见。"

平时我总觉得如果没有人，我也活不下去，然而那天我却觉得那些人的存在本身就令人既不愉快，也不舒服。我们彼此需要，却又成为彼此的负担，人与人之间就是这样的吧？

我的脑海里瞬间掠过这样的念头：我们之所以被细小的关心感动，是不是因为利己主义的膨胀？

偶尔需要
这样的话语

看到有棱角的人，你会好奇：这个人怎么会这样？曾经那么圆融的你，经历过几次人际关系的创伤，已经千疮百孔了吗？你自责，如今自己好像变成了棱角分明的人。多少次暴躁抓狂，最后只能强压在心底，是这样吗？多少次欲言又止，只为维护人际关系，是这样吗？忍住眼泪，强颜欢笑，假装一切都无所谓，是这样吗？

我想对你说，没有必要强迫自己做圆融的人。你可以偶尔发泄怒火，偶尔肆意直言，偶尔流泪，依然会有很多人喜欢你。

你完全可以这样做。

你很有才华，那是一种能让人幸福的能力。你不必说难以置信。看着我的时候，你的眼神是什么样的呢？有时明亮有神，令人难以直视。微风吹来，你飞扬的头发是什么样的呢？看着你津津有味地咀嚼美食时颤动的嘴角，我会情不自禁地模仿你的动作。啊，你的嘴角。

你知道吗？你笑起来更美。真希望你能经常笑。真希望你我瞩望的这个季节能收藏我们的美丽。

一定要记住，有人爱你，你也是某个人的骄傲、某个人的安慰。永远都要相信自己能行，不要再因为别人随口说出的话而受伤。你过的是自己的人生，而不是其他任何人的人生。希望你不要去比较，也不要妄自菲薄。希望你寻找属于自己的色彩，不要羡慕别人，继续尝试新事物就好了；也希望你对新结识的人敞开心扉，不要舍不得。

你真的很美丽。看着你，我就感到幸福。你有你的闪光点。是的，真的是这样。

善良与好欺负

吞下苦涩的话语时，没有皱眉头。尽管面对怒气冲冲的语气、言辞和随之而来的行为，尽管内心的情绪活火山在心底沸腾，还是会三思而行。就这样对外界的震荡隐忍不发，然后小心翼翼地把整理后的想法告诉对方。即使诚心诚意准备的东西遭到对方不屑一顾的无礼、敷衍对待，还是会用宽厚的心和真诚的笑容再劝一次。

经常被人说"善良"，也经常听人说"这样会吃亏"，但妈妈说的"坏事好不了，好事坏不了"总是萦绕耳边，然后继续抱着这样的想法活着。

这样生活，起先会很不舒服。

"如果有人因此觉得我好欺负怎么办？这不就是看不起我，或者把我当成小辈吗？"这些疑问会接踵而至，让人受伤。所以不想让人觉得自己好欺负，希望自己看起来更强大。为了不被轻视，有时还会虚张声势，故弄玄虚。

时间流逝，偶尔会看见从前的我。如果

遇到我写的文字、留下的照片、拍下的视频，或者那些记得我的人，我会面红耳赤，满脸羞愧，因为我觉得不得不那样做的自己真的很幼稚，很土气。

可是善良就是善良，好欺负就是好欺负。因为善良而显得好欺负，这不是我的问题，而是觉得我好欺负的那个人的态度有问题。两者只是毫厘之差。如果将这两者分开来看，那么想法和心态也就都顺畅了。

现在的我，不想再因为我的善良，去亲近彼此有着不同情绪而无法沟通的人。不过我也不想因此对身边的人说带刺的话，不想为了保护自己而筑起壁垒，也不想怀疑别人是坏人，或者因为担心受伤而心怀恐惧。我不想那样生活。

我还是想做个善良的人。我只想成为"我"。

焦虑不安

"我会碰上什么事情呢?"我曾经陷入沉思,焦虑不安。今天已经这么累了,明天会不会更累?总觉得会越来越艰难,不安也越来越强烈。但我为什么什么都做不好?只有我这么脆弱,这么渺小吗?最后,这样的想法只会继续侵蚀我。

因为不安,所以不安,结果只能不安。

必须做好的事,到处都附着了被称为"不安"的皮肉。个人的一点点苦恼,随处听来的一点点话语,一点点疑问,一点点关于"不会发生在我身边吧"的想法,所有的都只是一点点,却在不知不觉间膨胀成庞然大物。刹那间,一个鼓鼓囊囊的家伙变成了略带锋利的句子扑了过来。从嘴巴到耳朵,从耳朵到心灵,原来存在于心灵角落里"我能行"的意志变得模糊。意志模糊了,不安便随之而来。摇摇欲坠,摇摇欲坠,仿佛马上就要坍塌。

"我一定要幸福。"

也许这句话一直缠着我。必须坦然接受总想躲避的不安、不幸和失望,才能真正体会到幸福。这样获得的幸福才会更深沉,更厚重。我们也需要不安、焦虑和恐惧。只有在不安、焦虑和恐惧的时候,我们才知道自己正开始做某件事,我们正在做得更好。

不要为不安而不安,为焦虑而焦虑,也不要为恐惧而恐惧,幸福自然就会降临。那时,我们只要被幸福包围就好了。

"人生,终究要一个人过。岁月就在你看别人脸色的时候溜走了,所以你不要这样。有什么想法就去做。"一天夜里,我再次想起一位爷爷说过的话。

人之所以不安、焦虑和恐惧,是因为害怕失败,因为事先揣测后产生恐惧心理,担心做错事,担心坠入无尽的黑暗。但是,人生的成败并不是被某个瞬间、某件事决定或者判定的。

在艰难的日子里,我常常把自己想象成一股流淌的水流。从高山流向大海,会遇见鱼,会遇见巨大的石头,也会和其他的水流汇合。

一切都会在流淌中经历。

然后,迎接我的是平静。

流淌过程中有不安,有担心,有焦虑,也有不如意。然而,越是这种时候,越要放平心态。"在流淌中啊,因为我在流淌中,所以才会面对这些事。"

"既然注定会不安,既然人生只有一次,那么想做什么就去做什么吧。"

我经常听到类似的话。不,我遇到的每

个人都会这样说。想做什么就做什么,这句话包含了太多太多。实现梦想,拥有爱,可以让人摆脱平淡的日常生活的兴趣,都可以包含在里面。既然我们会通过书相遇,那么我也想对你说,就这样,一定,拜托,如果人生中有想做的事,那就尽管去做吧。

尝试去做之前,我们什么都不知道,做的过程中也不知道这样做是否正确,能不能做好,会不会成功。从这个意义来说,别人就更不可能知道了。当你开始或正在做某事的时候,可以暂时捂住耳朵,去做就是了。即使不是我们预想的方向,至少我们也在向着美好的方向前进。

当然了,一定是这样的。

说得过去的理由

所有的人都下班了,我环顾着刚刚完成自己使命的空荡荡的办公室。今天我活得有多像自己?"一切都会变好"的自信又破碎了多少?

回想起来,我依然存在不足,感到不安,错漏百出,于是我用自己的方式去分析。分析之后,我知道自己还需要更多地去充实自己,更多地去感受,还需要填补很多东西。这是令我无比感激的一天。

我不想为错误的选择后悔。我相信当时做出这样的选择肯定有原因。回头看看,也许真的没什么。很少有哪件事是必须按照特定的计划实现的,只是在做的过程中逐渐达成,在做的过程中找到答案。人生并不是一堆能预设好的计划和想法。

所以有不安,所以有快乐。

人生就是这样,每个人都会有艰难的日

子，也会有感到不足的瞬间。这样的时刻不请自来，破门而入。这时，人就开始了各自的挣扎：有的下定决心要坚持到最后；有的不管不顾地寻找能够帮助自己的人；有的将不安强行压在心头，告诉自己一切都会过去；有的自责，认为一切都怪自己。

无论怎样都好。一定程度的自责也未尝不可，但是如果我们能安慰和鼓励自己，我们也许会走得更远。

感觉

我好像过得还不错。反正就是有这样的感觉。

淋雨

我淋雨了。

出门之前看了天气预报，听说有雨，我还特意把雨伞塞进了包里。可是现在，我的衣服和头发都是湿漉漉的，因为我忘记了带包。出来一小会儿，偏偏就赶上了下雨。束手无策，只能任由雨水把我淋湿。

雨下个不停。为了少淋雨，我快步穿过街道，甚至不由自主地跑了起来，但离避雨的地方还很远。雨滴落下的瞬间，我已经预感到衣服和头发都将湿透。

直到头发和肩膀彻底湿透，我才恍然明白自己为了不淋雨而奔跑的行为毫无意义。我像一个放在漏水的天花板下的铁桶，把雨水尽数装入。头发湿了，衣服也紧贴在身上。

索性放弃避雨的念头，开始慢慢地走。我注意到周围的树。送走花瓣的树木越发青葱。我看见并触摸到春去夏来的风景。身体又湿又冷，然而有些感受和风景却是在淋过雨后才变得生动起来。

原本感觉不舒服的地方，也莫名有了舒畅感。

最近，尤其是手忙脚乱的时候、不能如愿的时候、时间仓促的时候、无可奈何的时候，明明知道于事无补，我却还是常常因着急和焦虑而恼火，大发脾气。

如果早有"今天要淋雨了"的想法，那我就能更热烈地感受夏日大步而至的风景。既然已经发生，既然在预料之中，何不坦然接受？与其烦躁，不如微笑；与其焦虑，不如从容面对。这样一来，无论是对身边的人，还是对过去的一天，是不是就会心满意足，从而产生好的影响？

忙碌越是继续，糟糕越是反复，从容就越是困难。不过越是这样，越要学会远眺，学会放松心情。明明是要过去的事情，何不从更好的角度去解读？这样应该会更有意义吧。

不管发生什么事，最终都会变成回忆，所以想把美好留在回忆中。相信此时此刻也将会成为回忆，永远耀眼。

关于态度

我是作家、公司董事，也是咖啡店的咖啡师。有时我也会成为营销负责人、图书策划人，或者编辑。啊，偶尔也策划广告。我也是某人的儿子，某人的弟弟，我还是某人的男朋友、某人的朋友、某人的同事。我以这些身份度过每一天，生活在时间为我规定的领域里。我的生命是唯一的，我却在人生中扮演了众多的角色。

当我以作家的身份面对出版社时，我会想到有哪些遗憾，哪里应该得到改善，将来我经营出版社面对作家的时候要尽量避免。然而当我站在出版社的立场上面对作家的时候，仿佛又在为我以前面对过的出版社代言。

经营咖啡店之前，我想我会站在顾客的角度，思考他们可能不满意的地方，努力改善。然而当我站在咖啡店经营者的立场上考虑客人的时候，还会发生许多意料之外的情况。

在扮演多个角色的过程中,我偶尔会产生混淆。

"这种情况下我应该这样说。"
"这样做对不对呢?"
"其他人的立场也应该考虑,也应该照顾才行啊。"
"不能让顾客产生和我一样的失落情绪。"
各种思绪层层叠叠地堆积起来,越来越繁重。

"这样下去,该怎么生活?"考虑这个问题的同时,我经常也会深深思考自己的态度。如果是好几件事同时进行,稍不注意,思绪可能就会飘走。
虽然我在做好几件事,不过我追求和期待的只有两样——
"合作""不做老顽固"。

"合作"是这样的:

每个人有明确的角色分工，明确自己能做到和做不到的范围，完全承认和尊重对方的范围和分工，心怀适当的共同体意识，认识到这个范围并不仅仅属于"我们"，"他人"也可以成为我们，并创造社会价值。求同存异，努力给予认可和理解，尊重人的多样性。当死亡来临回顾一生的时候，因为"我一直保持着合作的态度，并且为此坚持不懈地努力"，心里会变得温暖起来。

"不做老顽固"是这样的：

不强求别人同意自己的想法和信念。意识到时代在变化，培养适应变化的意识。你认为正确的可能是错的。从所有人身上寻找值得学习的地方。人与人之间不存在高低之分。有勇气随时敞开耳朵和心灵。遇到好事，首先想到别人。当有人记起我的时候，会觉得我是一个"好人"，心底一暖。

关于应该怎样生活的问题和苦恼，答案总是在变化，也会随情况的改变而有所不同，但是我想和支持我心中的价值观念与所求的人们共度温暖的一生，这份心意不会改变。

以后我还会扮演更多的角色，但我还是想保有一颗清澈的心，生活下去。即使再遇到很久以前的缘分，也不会感到尴尬，而是问候这些年过得如何，为对方祝福，要安宁和幸福。我希望自己永远拥有这样一份内心的从容。

无论别人怎么说,
我只想做我自己

这是几年前的事了。朋友说SNS（社交网站）上有人总是欺负他。刚听说这件事的时候，我没有太在意，只是漫不经心地安慰了他几句。可是每次见面，朋友都满腹牢骚。直到后来，听说朋友已经因为这件事变得颓废无力，连饭都吃不下了。

我感觉事态有些严重，于是不动声色问他需不需要帮忙。朋友艰难地和我说了具体情况。

朋友的职业是模特，对流言蜚语格外敏感。以前的经历被人翻出来，有些明明不是事实，却遭到歪曲，像真事一样传开，连不认识的人都在谩骂。更糟糕的是，这可能会对朋友今后的发展造成负面影响，情况很严重。

这种事应该怎样解决，怎样帮助朋友呢？我正在为此苦恼的时候，知道了"损害名誉罪"的存在，我开始了解这个罪名的成立条件。所谓损害名誉罪，就是把特定人的事实或虚构事实向不特定的多数人传播，对特定人造成名誉损害。

开始是为了帮助朋友去了解罪名成立的条件，然而随着了解的深入，我也可以很自然地对朋友说出恰当的安慰话语了。"无论是事实还是伪造，只要损害了对方的名誉，就构成犯罪。"这句话是一颗种子，和我平时的想法相似。

围绕着你的那些传闻是否真实并不重要，大部分人都只愿看自己想看的那一面，所以不要屈服于他人的目光。即使你展现不出你想展现的样子，但是至少不要太过在意他人。

现在的模样并不是他人的目光和怀疑造就的，而是你自己忍受痛苦、流泪坚守、支撑、积累的结果。大部分人怎么想并不重要。你还是原来的你，今天仍然要做你自己。这是我想对你说的话。

回到朋友的话题，损害名誉罪最终成立，欺负朋友的匿名犯罪者每人罚款300万韩元（约合人民币1.64万元）。之后朋友说了一句"畅快"，还说了一句"谢谢"。我问下次遇到这种事的时候打算怎么解决，朋友说：

"再报警就行了。不过，就算以后再发生这样的事，我也还是原来的我。不管别人说什么，我都会继续做我自己。"

人格与面具

虽然我说自己做着想做的事情，生活得很幸福，其实我也很不安。这次的书卖得好不好，月薪会不会涨，能不能养家糊口，将来的计划怎么制订，选择和谁共事，怎样营造适合员工工作的环境，许久没联系的人突然来电是否要接听，如果不接听，对方会怎么看我……一切都令人苦恼。我想好好生活，可是很难。我应该知道，却不想知道的事情越来越多。

"这次的书卖了多少册？"
"月薪多少了？"
"够养家糊口吗？"
"把我安排到你们公司工作吧。"
"接一下电话。"

我也厌倦了回答对方想听答案的问题。不回答反倒舒心。以前我常常大声说话，言不由衷，戴着面具，强颜欢笑，用虚情假意的文字和语气高谈阔论。

人际关系越来越淡，不过也无所谓。经历过几次之后就明白了，虽然身边包围了很多人，但我还是想要独处。这或许就是我的性格吧。

"人格"这个单词在英文中是"personality"。词源是希腊语"persona"，意为"演员在舞台上戴的面具"。也许人格就是由几副面具构成的样子吧。不管你戴了多少面具，当遇到能够看穿你本来面目的人，心情就会变得舒畅。

在人群里摸爬滚打，偶尔会有想要独处的时候。一次次因为无谓的关心或者别人漫不经心说出的话而受伤，于是想要独处。环顾四周的时候，渴望独处的念头愈加强烈。好像除了我，其他人都过得很好。所有人都工作顺利，只有我在原地跺脚。原来懂我心思的朋友现在也不在身边了。

这种时候，我会怀疑自己真的很糟糕。

再看看经常陪伴在身边的人们,又觉得好像不是这样。

明明是勉强撑着,竟然还奢望幸福。幸福的渴望油然而生。最近每天都要在"勉强"和"奢望"之间纠结多次。身体和心灵都处在混乱的状态,却总是想继续前行,于是我眼睛盯着前方,无暇顾及左右,而且家里的情况也一团糟。看到自己这个样子,我只能深深地叹息。在这种情况下,我能听谁诉说,能给谁力量呢?

"我可以做到吗?我能过上幸福的生活吗?"不安的感觉将我团团包围,但是我依然快乐。对待写作再多些专心,说出的话再多点力量,每次行动都不会左顾右盼,我想成为这样的人。尽管经常动摇,经常崩溃,偶尔受伤,我还是希望自己能坚定前行。我还是想做一个坚持不懈的人,还是想活得更像自己。

人生是选择和未选择的延续。既然做出选择，那就要承受没有选择的那部分。选择之后的悔恨，选择带来的喜悦和成就，这一切都属于我。无论我做出什么样的选择，我都希望它是正确的。当然，这也是我经历的过程而已。

日后回想起来，那时的我会羡慕现在的我吗？会为自己感到骄傲吗？我真希望那时的我为现在的我骄傲，希望那时的我对过去少点执着，希望每个瞬间都能成为幸福的回忆。一切，拜托。

我想要的生活

我想在所有担忧、苦恼、恐惧和焦虑中，大声呼喊："我仍然可以做到！"我不想过没有担忧、苦恼、恐惧和不安的人生。所有的缺失和苦难都是引领我人生前行的原动力。

当我们说"人"的时候，嘴唇需要合上；如果说"爱"，嘴唇需要张开。① 人，需要用爱打开。构成人生的就是人和爱。构成人生的爱的范畴很广，不仅有恋人之间的爱，还有家人、朋友、同事之间的爱，以及对自己的工作、自己的今天、自己的人生的爱等等。归根结底，大部分事物都可以去爱。

我依然想去爱很多东西，甚至我的缺陷。注视幸福，我永远心怀着爱，永远不想放弃梦想。既然有了生命，那就要拼命去做某件事，直到死亡。

我希望自己不要给别人带去伤害，而是帮助他们继续生活。无论什么时候，都不怀

---

① 此处为"人""爱"的韩语发音。——本书脚注若无特别说明，均为编者注

疑自己的人生，不怀疑自己，相信自己所做的事情和想做的事情。始终站在身边的人就是我自己，我一直深信不疑。

也许我终究还是找不到人生的答案。直到人生的尽头，发现人生不存在标准答案。我会把自己的选择看作标准答案，像从前一样生活。

人生的终极目标是幸福。当我爱上生命中的一切，那就是我感到幸福的瞬间。我希望自己在死的时候可以对自己说，我很幸福。

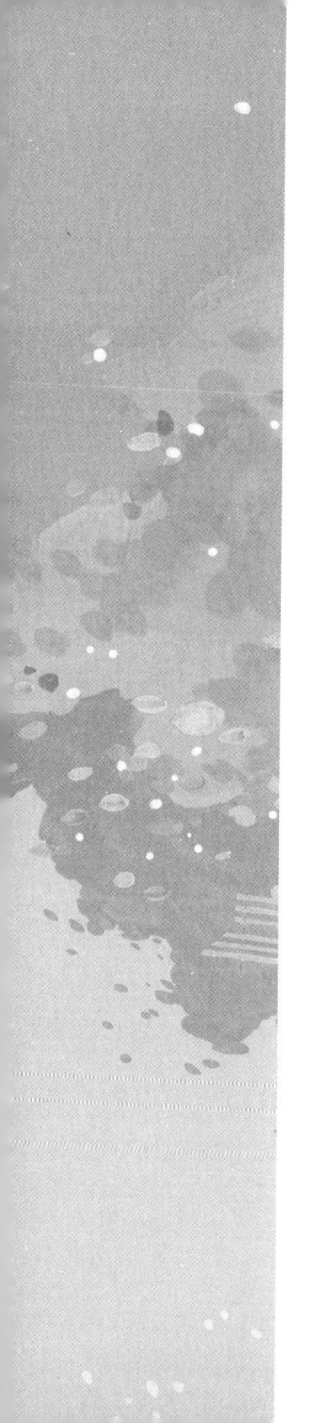

第二章

放下的心

全心全意付出过的人都知道：有的人，即使你努力挽留也留不住；有的人，不论发生什么，一辈子都会陪伴在你身边。

尽管这样，我还是会全心全意地对待人与人之间的关系，只为对离开的人少些遗憾。无论何时，我总是在人际关系中抱着"既然如此"的想法。我把更多的精力放在周围人身上，这样才能更多地爱他们。心灵、关系与爱都是这样，只有当你付出所有的时候，才能明白它的真正价值。

那些放下的心啊，你们好。

春雨

人们常说"多灾多难的一年过去了",我的一年也是这样。偶尔会有不幸来临,偶尔会有被判定为失败的事情发生。也有那么一天,恰巧在同一天,失败伙同不幸手拉手闯进了我的人生,连门都没敲。

那天,计划好的项目彻底泡汤了。有人说,失败也是"过程"。真正经历失败的时候才发现,此刻浮现在眼前的不是项目进行时的艰辛过程,而是失败本身这个庞然大物。一年来努力准备的东西化为泡影,我真想找个地方藏起来。一直在人前侃侃而谈的我,此刻就像个大傻瓜。"我的能力不过如此吗?"这样的疑问令我浑身无力。

失败就是这样,让人有气无力,仿佛自己什么都不是,变成了飘浮在空气中的尘埃。

这样的日子里,我偏偏收到了毁约信息。那个提出要毁约的人真的很讨厌,可是我更讨厌这个让不幸和失败毫无预兆同时到来的世界。我不知道应该先做什么才好,也不知道该把这件事告诉谁。是不是应该先吃饭？这样的我还有没有资格吃饭？我是不是应该流泪？我有没有时间流泪？一切都茫然不知。

正当不知如何是好的时候，我收到了一条短信：

> 谢谢你没有怨言，默默地成长得这么好。
> 你在自己的位置上尽职尽责的样子真了不起。
> 春雨来了，好好吃饭。

是妈妈。不到一百字的短信让我情不自禁地流泪了。也许是下雨的缘故，眼前变得更加模糊。我去喝了猪骨醒酒汤。即使失败，即使遭遇不幸，也要好好吃饭。我啃着骨头，望着雨滴，看着一口口吞咽米饭的自己。我在超市里匆忙结账，然后看了看雨，突然想起发短信的妈妈。我告诉自己，一切都会过去，坚持。

"神会赐予我们能够承受的考验",我喜欢这句话。虽然没有宗教信仰,不过我重新解读这句话,感觉意思好像是"降临到我们身上的只会是我们能够承受的考验"。

对于考验,我保持这样的想法和态度。然而"福无双至,祸不单行"这句话却常常挂在我的心头。当不幸或失败来临的时候,还是会觉得以前做过的和经历的事都显得毫无意义,于是陷入深深的挫败感中。我也经历过几次这样的事情,也见过和我处于相似状况的人。人们面对挫折时表现出两种态度:要么坐以待毙,要么不顾一切地活着。

经历不幸或失败的时候,不要太慌张,不要烦躁,也不要痛苦。因为,所有的事情都是我们在书写人生这部书的一页罢了。痛苦也有保质期,迟早会过去。

经历了这个过程,回想被遗忘的艰辛时,能挺过这些瞬间,可能是因为自己,但其实是多亏了"人们"。啊,具体地说是"我身边的人们"。如果有开心的事情发生,身边的人和我一起庆祝;如果有难过的事情发生,他们给我安慰,陪伴在我身边。不论我是什么样子,不论我身处何种状况,他们都和我在一起,以特有的温度拥抱着我。

我一生都对他们心怀感激。不是思念,不是歉疚,只想感激。思念意味着不再见面,歉疚意味着我无法为他们做什么。我只想感激。以后我们还要经常见面,我要用我拥有的一切给身边的人们带去快乐。至少在人际关系当中,希望不存在注定要让关系结束的保质期。

最近我经常说"你好"。我们无法预测来到面前的是幸运还是不幸,是成功还是失败,但终究会过去,然后就会好起来,像什么都没发生过一样,一定会的。

礼尚往来

有所付出才有所收获，有来才有往。所有的关系都需要礼尚往来，一位作家同行的话常常萦绕脑海。"不联系会让人伤心，有空多联系。"这句话每个人都会说，也常常听到，然而很少有人主动联系。至少在我经历的关系中是这样。

那位作家就不同了，他真正做到了言行一致。每每想起来就打电话说"想你了，打个电话"，问候一下就挂断了。起先我还怀疑他是不是另有所图。无缘无故地问候，在我的人生中是很陌生的体验。但令我惊讶的是，这就是他本身，这就是他的本性和气质，他就是那种想起来问个好就挂断电话的人。毫无目的地想起我，想了解我的近况。

人际关系中，我见过许多人都是习惯于被动接受。这不禁让人产生怀疑，还要继续维持和他们的关系吗？他也说过这样的话，面对只习惯于接受的人，关系很难长久延续。我对他这句话深有同感。

习惯于被动接受的人大多不善于表达，不好意思说出"谢谢"和"对不起"。他们对需要感谢的人不感谢，对需要道歉的人也不道歉。我觉得关系之所以得以持续，归根结底是因为彼此为对方考虑。如果是和习惯于被动接受的人在一起，我的心胸会变得狭窄，甚至付出也会变得犹豫。

心灵也需要礼尚往来。礼尚往来的时候，心会变大，温度也会上升。心意一旦付出，那就需要对方再返还。只有这样，心意传给对方后留下的空缺才能被填满，从而分享更大更暖的心意。习惯于接受的人就像是封闭了心灵。还有什么比向封闭心灵的人传达心意更难的吗？我没尝试过，肯定很难。

心灵的交流，归根结底是为对方考虑，与对方产生共鸣，照顾对方。认同感、共鸣和纽带让人获得心理的稳定。有可以依靠的人，与人保持不间断的交流，有人接纳我本来的样子，无所求地爱真实的我，心灵才有安歇的港湾。我希望一直有这样的人陪伴在身边。

空调

那年夏天特别热。"特别热",这个说法恐怕还不足以形容那年夏天的炎热吧?新闻报道,炎热的天气里,不仅家畜死亡,甚至有人走在街头突然晕倒。当时我还是军人。虽然是军人,好像也只能待在室内。因为天气太热,连训练都取消了。

那么炎热的日子里,我想起了父母。当时我们家还没有空调。之所以没装空调,是因为没有必要。家门口是山,夏天,山风轻轻吹来,实在没必要再人为制造凉风。别人因为暑热无法入眠的夜晚,我们一家人都在习习凉风中安然入睡。

无论什么东西,妈妈都能坚持用上很久。吹风机是这样,电视是这样,微波炉是这样,高压锅也是这样,有的电器年龄甚至和我差不多,可见妈妈有多么节约。电风扇是我的老朋友,从小到大和我一起度过夏天。我想,妈妈的节约精神在韩国应该是首屈一指的。我们搬家的次数不多,这也是因为妈妈什么东西都要固执地使用很久的性格。

有一天，我们家和前面的山之间开始修建新的公寓小区。公寓越爬越高，山上的风再也吹不进来了。一台电风扇就让人觉得很凉爽的夏天，已经变成了过去。

初夏的某一天，酷热还没开始，我回到久违的家中，看见妈妈在流汗。我问妈妈怎么流这么多汗。妈妈说太热了，也可能是更年期的缘故。那时候的我很不懂事，只知道提出无解的问题，然后就什么也不管了。

妈妈随口说，是不是应该买个空调？我这才问，空调贵不贵。妈妈回答道："空调当然贵了，所以才纠结嘛。这个月要花的钱很多。"

初夏过去了，盛夏正在来临，闷热的空气团团把我包围，偏偏那天还要训练。喉咙干得像烧焦了一样，军服被汗水弄得乱七八糟，心里盼着训练快点结束。正在这时，训练宣告结束，因为暑热可能会引发事故。很多朋友都中暑，甚至还有人出现了虚脱症状。

这时候，我突然想起家里没有空调，天气这么热，不好，妈妈一定又在流汗。训练刚结束，我就给妈妈打电话。

"妈妈，空调买了吗？"
"还没买，这个月要花的钱太多……怎么了？"
"……对不起，妈妈。"
"为什么对不起？"

"为什么对不起？"妈妈这句话让我泪如雨下，心里的歉疚和泪水一样停不下来。

我问妈妈这个夏天怎么过，妈妈回答说不用担心。前天晚上天气太热，他们在爸爸的车里打开空调，来了个凉爽的约会。不用担心，这回答让我想起初夏就满头大汗的妈妈，而我却视而不见。我恨自己的无动于衷。我以为妈妈只是习惯了节约，我以为不管多热，妈妈都可以忍受。我真是个愚蠢的傻瓜。

那天，我急匆匆地在网上订了空调。第二天，我再次给妈妈打电话。

"妈妈，我买了空调，需要安装。妈妈这周哪天休息？"

"你哪有钱买空调？"

"我发工资了，还拿到了版税。妈妈，您哪天休息？"

"妈妈周日休息。哎哟，天哪，我打算明年夏天买空调的。"

妈妈有些歉疚。她说打算明年买的，连连说没关系。就这样，我们家安装了空调。妈妈发来消息说：

"多亏了相贤，这个夏天我们可以凉爽地度过了，谢谢！

"今天也一样，多亏了你，我们睡了个清爽觉，谢谢你！"

啊，凉爽，这个词为什么听起来这么悲伤？整个夏天，妈妈每天早晨都说"多亏了你，我们清爽地醒来"，这句话让我鼻尖酸酸的。妈妈，妈妈总是让我忍不住流泪。那年夏天，妈妈的手机屏幕背景画面一直都是空调。妈妈的骄傲，妈妈的幸福，我就是这样的存在。

希望能和这么可爱的人长久相伴。真希望妈妈幸福。如果这幸福是我给的，那就再好不过了。

妈妈，妈妈，我的妈妈。
成允淑女士。允淑女士。成女士。
希望我们的幸福多一点儿，再多一点儿，更多一点儿。
妈妈，我说出口的第一个词。
妈妈，希望你能幸福。

关于表达

"表达"是人类展示自己最有用的手段和工具。表达有许多范畴，我认为最理想的表达是谈论"感情"，尤其是相互认可心灵的感情，更是如此。什么是认可心灵的感情呢？我想那应该是爱、感谢和抱歉。环顾四周，我常常觉得人们都太吝啬表达了。

大学期间，有位前辈在做分组作业的时候，把自己要做的事情推给了我。学期结束，快要放假了，前辈静静地叫住我，跟我说谢谢，同时解释说以前没能说谢谢，只是因为他觉得这样会有种负债感，所以没能说出口。最终他也没能说出对不起，不知是因为不觉得抱歉，还是说了对不起就会感觉自己输了。带着这样的疑问，我和他的缘分就这样断了。

恋人之间、朋友之间、父母子女之间、同事之间，所有的关系中都会有爱、感谢和抱歉的瞬间。每当这时，我都不会吝啬表达，特别是爱和感谢。对于努力与我维持关系的他们，每个瞬间我都充满感激。感谢他们陪伴在我身边，关心我，记得我。哪怕是小事、琐事，我也会说谢谢。

我经常表达自己的爱。爱，永远都不会过时。爱，什么时候说都不会显得土气。

我努力不做让自己感到歉疚的事，不过也不可能完全避免。每当这种时候，我会在对方失落之前表达歉意。哪里做得不好，对方会有怎样的失落，以后我会努力不让这样的事情发生，我会通过语言和心意表达自己的歉疚。这样一来，我的歉疚和对方的失落都将轻而易举地化解。

有一次，我做了对不起别人的事情，迟迟没说对不起，直到最后也没有说。我记得当时是因为自尊心。每当出现感到歉疚的事情时，我就会想起当时的情景，想起当初的举动。那种情况下只要我说声对不起，一句话就可以解决的事情，我却忙着辩解，忙着寻找那么多的借口。

对方和我的关系变得更加纠缠不清了。缠得太复杂的线，就应该及时断开，不管是用剪刀还是用嘴。我和他的缘分就这样断了。几年后的今天，我仍然对他心怀愧疚。当心里怀有歉疚的时候，要尽可能毫不掩饰地放下一切，具体而快速地表达歉意。总而言之，对于爱、感谢、抱歉这些感情，真诚地表达出来才是最有效的方式。

偶尔也会有人打着坦率的幌子口无遮拦，全然不在意别人的感受。坦率地表达感情和口无遮拦是两个完全不同的概念。"我是坦率的人"，打着这样的幌子胡说八道，那和挥舞包装好的刀伤人并无区别。

理解不同1

只有真正意识到彼此的不同,才能理解对方。想要理解在完全不同的环境中成长的不同的人,并不是一件容易的事。理解,不仅仅意味着了解对方,更是超越认可和接纳,站在对方的立场上思考问题,产生充分的共鸣。

我们都常听人说,理解对方最简单的方法就是"站在对方的立场上思考"。也许我看到的情况和对方看到的情况截然不同,当我们认可和接纳这种不同的时候,也就是迈出了理解的第一步。我们完全不同。我们不仅无法做到完完全全地互相理解,而且接受的方法也完全不同。

其实,想要完全理解不同的人根本不可能。需要站在对方的立场上思考,为对方考虑。越靠近,才能越容易忘记"不同"。

随着亲密程度的加深,人们就会觉得对方应该完全了解自己。很多时候自己都看不懂自己的心，别人当然更不可能看懂自己的心思。

偶尔，我们会觉得人际关系很难处理。这种时候，想得简单点，事情就会变得容易。就像我不会按照别人的意愿生活，别人也不会按照我的意愿生活，仅此而已。我们都是按照各自的利益、意愿行动和生活的。

如果我们努力理解彼此的不同，就能稍微缓解人际关系带来的压力。

今天的快乐

时隔很久，我回了趟故乡。当时正值盛夏，我决定和志趣相投的朋友们去溪谷玩。溪谷人很多，是旺季中的旺季。

我们打算在溪谷里泡脚，然后吃一只清炖鸡，但是这个计划彻底泡了汤。溪水流过太多人的手和脚，从上游开始就变得浑浊了。人太多，我们连坐的地方都没有。

那么热的天，我们没有欣赏溪谷，只能看人。看到大家汗流浃背的样子，我们走进了冷气充足的清炖鸡餐厅。

清炖鸡很好吃，酒也喝得很畅快。也许是因为下酒菜太好吃了，我们没有喝醉，接着又进行第二轮、第三轮、第四轮。然后，我的记忆和酒、下酒菜一起消失了。

酒喝得太多了，最后身体也不听使唤，几乎不省人事。最要好的大哥亲自把我送回了家。已经很久没有这么放心地喝酒了，喝得特别舒服。

每次喝酒我都很紧张。我不会犯错误吧？这个人是出于什么心理约我喝酒呢，打算和我说什么？总之，我酩酊大醉，一到家就躺在被子上睡着了。

啊，当然，这些我都不记得了。

不过，那天我吐了，吐在被子上。所有的东西都吐出来了。我已经很久没有像这样吐光肚子里的东西了。早晨还没醒酒，我艰难地睁开眼睛才知道，我要迎接的早晨伴随着妈妈的责骂、爸爸的批评和弟弟的讽刺。

妈妈责怪我说，现在是什么世道，你还不管不顾地喝酒，像你这么大的孩子都在为生活奔波，没有时间喝酒。很奇怪，听着妈妈的唠叨，我一直在笑。

这绝不是因为我一直醉到早晨。以前那

么讨厌的唠叨，现在竟然很喜欢听。好怀念。

重新听到久违的唠叨，我忍不住嘻嘻笑了起来。好幸福，真的。我也很感激现在仍然有人唠叨我，仍然有人陪伴在我身边，我还能听到唠叨。也许是因为这段时间都没能尽情地喝酒吧，仔细一想，像这样吐空肚子里的东西，已经是很久以前的事了。

所以我想说的是，与其抱着昨天的错误生活，不如去寻找今天的快乐。

只要有我们，足矣

别担心,什么事都没发生。即使发生了,你也可以通过自己的力量解决。因为是你,所以这件事才可能做成。希望这样的事情越来越多。今天的担忧,明天就会消失。

粉红色座位

地铁里,前面的座位上坐着一个五岁左右的女孩和她的妈妈。孩子叽叽喳喳,叽叽喳喳,也不知道哪里有那么多话,眼睛注视着妈妈,说个不停。

在坐满人的地铁车厢里,孩子看到一个粉红色的空座位。孩子的眼神里充满好奇,抬头看着妈妈,忽闪着双眼问道:"妈妈,为什么那个位置是空的?"

妈妈看着孩子的眼睛回答:"那是孕妇席,所以是空的。"孩子又问:"为什么要空出来啊?"妈妈说:"因为怀孕很累啊,所以大家要照顾她们。"听到这个回答,孩子又问:"那我们以前也坐在那里吗?"妈妈回答说:"当然,因为人们的照顾,我们也坐过那里。"

孩子和妈妈像传球似的,你一句我一句很自然地交流着。我的视线被这温暖的场景吸引了。这场景既温暖又让人愉快。

最近，我几乎没见过空着的孕妇席。没能发挥应有的作用，孕妇席这个名称也黯然失色。听着令人心情愉快的对话，空着的孕妇席看上去真的很温暖。

空座位上坐着一颗看不见的关怀之心。也许我们生活的世界刻薄而冰冷，可我还是希望每个人的内心深处充满关爱和温暖。那么，我们的生活和世界都会变得温暖。

记忆与死亡

那时，我正因为前交叉韧带和软骨受伤而住院。每天待在医院里，已经两个月没出门了，实在太郁闷了，我就千方百计想着出去做点什么。我一瘸一拐地走出了医院。美好的空气洋溢在上午十点刚下过雪的街头。繁忙的早高峰过去了，街上的气氛轻松悠闲。除了我的右膝，一切都很完美。

我最想做的事就是在电影院看电影。来到电影院，我选择了最早开场的电影，那是皮克斯公司出品的动画电影《寻梦环游记》。

《寻梦环游记》以墨西哥为背景，主要讲述记忆和死亡的故事。电影中，死亡与否是由记忆决定的。阴阳两隔，但这并不意味着身处"亡灵之地"便是真正的死亡。真正的死亡是在"被人遗忘的时候"。

电影情节大致是这样的：一年一度的"亡灵节"，亡灵来到人间，在各自的家庭里享受庆典，这可以算是某种节日。亡灵世界的人们要想在这天享受庆典，需要跨过连接人类世界和亡灵世界的桥。

当然，并不是每个亡灵都可以随意过桥，只有在人类世界还被纪念的亡灵才能过桥。如果这天没有被人纪念，那就不能过桥。纪念亡灵的方式类似于韩国的祭祀，比如用骷髅造型和金盏花做装饰，摆上逝者的照片，准备亡灵节期间可以享用的食物。

如果亡灵节这天没有被记起，没有被纪念，那么这个人就要在亡灵世界消失。那些被彻底遗忘的人，将迎来真正的死亡。

电影结束后，很多想法向我涌来。当死亡来临时，我该如何应对？葬礼要怎样举行？如果我死了，也会有人记得我吗？当不再被人记起的时候，我也将迎来真正的死亡。如果我死了，人们会记住我的什么呢？

我仔细思考起"金相贤"这个名字。互

相的相，贤良的贤。"相贤"的意思是随和、善良、贤明地生活。

允淑、美淑、贤淑、仁淑、明淑……难道是因为养育五个女儿的过程中经历了太多的艰辛，所以姥爷给第一个外孙子取名字的时候，希望他能随和、善良、贤明地生活？回看过去，好像真是人如其名。常常听说事态都会向名字、题目所指引的方向发展，看来这很有道理。

姥爷听力不好，每次和他说话，都要凑到跟前大声说才行。也许是听力不好的缘故，姥爷的嗓门儿格外大。偶尔去姥爷家玩，很远就能听到姥爷的声音，让人觉得开心极了。

我和弟弟每次去姥爷家玩，都能尽情看电视，所以我们都很高兴。姥爷常看有字幕的节目，我和弟弟在贤年龄小，想法也幼稚，只顾看我们喜欢的节目，看得津津有味。姥爷和我们一起看完没有字幕的节目，在贤和我哈哈大笑的时候，姥爷也跟着笑。这种时候，我没想到姥爷的耳朵听不见，他只想和我们一起笑，而且笑得更大声。姥爷似乎喜欢我们这样。

吃完饭后，我们把吃得干干净净，一粒饭都不剩的饭碗给姥爷看。他会大声称赞我们做得棒，还会抚摸我们圆鼓鼓的肚子。每当制作药酒的时候，我们就坐在姥爷的膝盖上，每人给姥爷倒一杯。

二十岁那年，我觉得自己长大了，然而姥爷还是像看小孩子似的看着我。等我赚了钱，一定要给姥爷花。我是这样想的，但是没有做到。

太突然了。

一名酒后驾车的司机没看到姥爷，径直撞了上去，然后因为害怕而逃逸。姥爷就这样离开了人世。遗像都没拍，我们就把他在小姨婚礼上微笑的照片作为遗像。

也许有人会说，哪有不突然的死亡？我遇到的第一次死亡就是这样突如其来。所谓死得突然，意味着身边的人们还没有做好面对死亡的准备。姥爷告诉过我很多事情，却没有告知他临终的时刻。在我以自己的名字生活的日子里，只要我还记得姥爷，那么，他就没有真正死亡。我想，他一定在某个地方看着我。

经历了第一次死亡之后，我的身边相继出现了一次又一次的死亡。许多人因为生病、意外事故、自杀而突然离去。人死了，也就无法再积累记忆。我们想方设法挽留想要记住的东西，悲伤也就随之涌来。记忆会渐渐消失，消失就意味着不存在。被遗忘等同于真正的死亡。想要被记得更长久，希望被记得更长久，这份心愿也带来了悲伤，是这样吗？

每当我想到死亡，想到记忆，想到悲伤，我就想活很久很久……可是如果我死了，谁会参加我的葬礼呢?

我想好好写我的名字,写姥爷为我取的、赋予了宝贵意义的名字。即使不能像名字那样,至少我也要做个好人。我想成为好人,遇到好的人。

在每天乘坐的公交车上,我要用愉快的语气跟司机师傅打招呼。我要向给我送咖啡的员工表示感谢。为了保证其他人的饮食,餐厅的阿姨们总是很晚吃饭,我也要跟她们说一声,辛苦啦。

我希望自己拥有一颗滚烫的心,滚烫地生活。

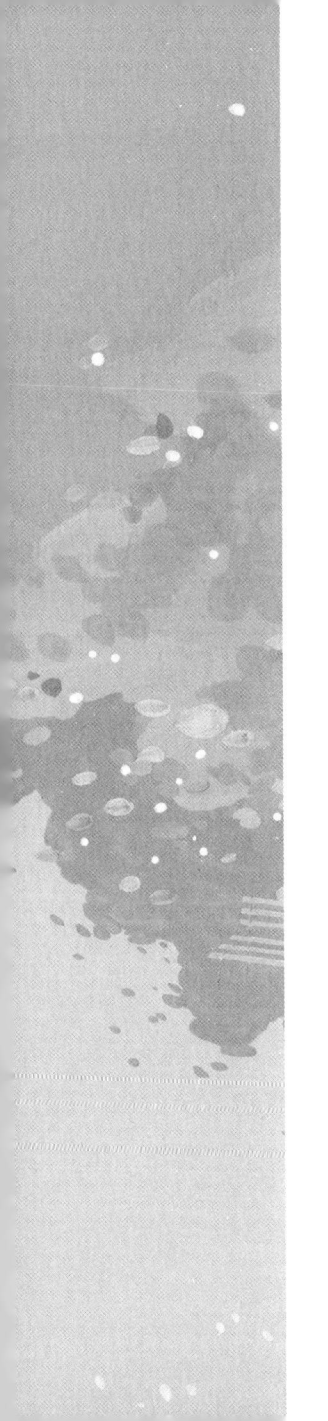

第三章

历史

总有一个人不会把你完全忘记。在某个人的生命中,你可能是历史人物,也可能是伟大的革命家。无论是什么样的,都没关系,只希望你成为某个人的历史中值得记住的一页。

梦

当你开始做什么事的时候，周围的人首先不是说"加油"，而是质疑"你行吗"。大多数人相信自己身边不会发生什么特别的事情。原本内心充满自信的坚定，可能因为一句质疑就变得不安。

但是所有特别的事情都需要开始。面对那些尚未开始的、想做的一切，无论如何都要先行动起来。即使失败，也好过从未尝试。

我喜欢一个人开始做事时的眼神。他们的眼眸里盛满了数不清的梦和无比辽阔的宇宙。和他们交谈我发现，每当他们说起自己的故事时，嘴角都会自然而然地稍稍上扬，无一例外。

我鼓励所有的梦想。哪怕在别人看来绝对不可能的事情，我也会点头赞同。因为我知道，拥有梦想的人终究会成功，而且他们已经开始行动。尽管恐惧，却还是享受开始的过程。希望他们能够打破他人的质疑，一步步成长。

只要开始,最后都会有所收获。加油,衷心为他们加油,祝福。

休息

如果信念崩塌了，我们会觉得自己什么都做不了。就像沸腾的心一旦冷却，就很难再次沸腾。那么，当我们崩溃、冷却的时候，应该做什么呢？重新点燃火焰，高高地筑牢信念吗？

不，信念不会再像从前那样炽热，那样坚定了。崩溃了，冷却了，我们可以休息一会儿。如果感觉我们要到达的地方还很遥远，那就稍微休息一下吧。什么都不想，看一看周围。保持炽热和不崩溃固然重要，可是眼前最需要的是休息。稍微休息一会儿再走。如果做一件事真的感觉累了，那么稍事休息是可以的。是的。

百分之百

上传到SNS的文章，很快就会有反馈。这次也收到了反馈，是一条评论。那是我最艰难的日子，出于自我安慰的心理，我上传了一篇文章。如果有和我相似遭遇的人们，我希望能够带给他们些许安慰，文章不包含任何信念、政治思想、宗教以及社会性话题。也就是说，文章里没有强烈的主张，只是在我艰难的日子里用来自我安慰的。我写这篇文章是希望能给人们带去安慰。但是，留言的人与我的意图不同，给我留下了责骂和谴责的文字。看到这些文字，我的心情糟糕到了无法形容的地步。

"牵强的安慰、共鸣，难道还没腻吗？这样的文章不要再上传了，肉麻。"

看到这条简短的留言，我只感到郁闷又愤怒，这样的心情应该如何调节？好心被当作驴肝肺，让人深感虚无。虚无之后，随之而来的类似愤怒的灰色情绪都要由我承担。然后我开始问自己："这篇文章真的是牵强的安慰，试图获得共鸣吗？"也许我不是这样想的，结果却是这样。于是，我重新检查以前写过的文章。检查过程中，我对自己的痛苦也能淡然置之了。

为什么我会认为自己的艰辛和慰藉都是为了别人呢？我以后还能写文章吗？如果是强行试图让人产生共鸣的文章，还值得上传给大众看吗？

各种各样的想法萦绕在脑海里。那个时候，被别人的一句话摧毁到崩溃的感觉，我算是亲身体验了。

我如此心痛，并不是因为我的艰辛。这是因为我被强迫去思考。我讨厌分裂。不，准确地说，是讨厌处于两个极端的人把想法强加于我。虽然这些都和我没有密切的关联，但是根据我的接触，给我带来更强烈感觉的不是两个极端的人所希望的、相信的、想要的"样子"，而是试图把他们的信念注入给别人的"强迫"态度。

很多事情我不关心，但我支持那些能够保护社会弱势群体的政策。

倒不是说不要明确表达自己的想法，或者要保持模棱两可的态度，见风使舵。我想说的是，无论处于什么位置，我们都可以保持自己明确的想法、思想和信念，只是不要试图向他人灌输或强迫对方接受自己的想法，也希望我们具有包容任何意见的宽容之心和深刻的思考方式。

不仅是读到这篇文章的人，我希望自己也能做到这些。没有百分之百。不存在绝对的完美。

活出自己的色彩

在韩国，集体的力量明显强于个人的力量。人们习惯了与他人比较，也习惯了被比较。被认可的欲望要高于其他欲望。在韩国，人所应拥有的自尊心很容易崩溃或破碎。判断标准不是"自己"，而是"他人"。即使做自己喜欢的事，也要看他人的眼色。"别人觉得奇怪怎么办？"我们容易被锁在这个封闭的框架中，大脑也被完全反映他人意见的想法支配，然后不断地进行比较。当他人认可自己的时候，才能认为自己是有价值的，要从他人那里感到"我"的存在。

在韩国，集体力量之所以强大，是因为"划一性"。别人都一样，只有我不同，这样自然会引人注目。引人注目会让人感觉不舒服。在集体中展示个人色彩会让人觉得有失礼貌。

人们相信集体的共存和维系取决于"统一性"和"划一性"，认为个体越自由，就越难控制，从而导致组织瓦解。因此，我们常常对他人反复强求统一的标准和尺度。

如果采用自己的标准,那就会被打上懒惰或另类的烙印,或者引起别人的忧虑。尽管出生已经足以证明存在的价值,然而我们还是不断地将自己的价值与他人进行比较,试图达到他人的水平。明明适用的是不同的标准,却强行让自己去迎合。

这与勉强去穿不合身的衣服没有什么不同。"我为什么会落选呢?""我为什么不够好呢?""为什么别人都比我优秀?"我们经常对自己说这些伤害自尊心的话。我们独自痛苦,自尊崩塌。支撑自己的支柱倒了,我们会失去重心,倒地,甚至连恢复的空间都没有。"我"消失,只留下"他人"。

颜色分好多种。我们把每种颜色看作是个人拥有的"多样性"。在一个群体里,各色各样的人聚在一起,有可能最终会变成"黑色"。在这点上,光也是这样。多种光聚集起来,就成了"白色"。

也就是说，所有的颜色可能最终都会走向同一种颜色。在集体中，个人生存的唯一方法就是"追求多样性"，不被他人的颜色沾染。我承认和接受多样性，也会去寻找属于自己的色彩。即使所有的人都发光，即使每个人都带着不同的色彩，集体的色彩也不会因此而变得奇怪或另类。

发光的方法和色彩多种多样，不必千篇一律。希望你能以自己的色彩和光芒，为人生注入幸福。

人

关于"人",我思考得很多很多。这些想法有时对立,有时统一。即使是同一个人,想法也会随着情况的变化而变化。

我们因为"人"而活着,有时也会因为"人"而产生死亡的念头。受伤的时候,我们会思念某个人,有时又会突然对人这种存在感到嫌恶。即便这样,我们还是因为人,多亏了人,才能生活下去。

因为人而受伤的日子就是这样。我以为我们之间的交情很深厚,结果往往不是这样。在那些受伤的日子里,想要放下自己的心,却又觉得会有很多残忍的事情发生,最后还是很难放得下。

人,最伤心的应该是觉得自己什么都不是的时候吧?我为他想得那么多,而他却根本不为我考虑。我不但什么都做不了,而且什么都不是。这种感觉持续下去,就会觉得原来人也像食物,变质了会发臭,会变色。

如果早点发现就好了，那就不会因为错误的缘分而出问题。

如果有人送你垃圾袋做礼物，拿去直接扔掉就好了，没有理由打开看。"这个人给了我垃圾"，没有必要因此失望、伤心。一个人已经很艰难了，没有必要抱着垃圾前行。

艺术家

那个是对的，这个是错的。我做的难，你做的简单。我们很容易这样想。同样，我们也很容易把"艺术"和"赚钱"分开来做判断。这里并不是贬低某人的想法太随意，我只是想说，不要像他们那样用两分法思考问题。

"我是对的，你是错的"，这句话里包含着多少错误和歪曲，多少轻蔑，多少自我合理化？一年前，我写过这样的句子："希望你不要认为可以通过贬低别人来抬高自己。"再次想起并提到那篇文章，我反省自己有没有这样。

我的工作就是这样，展示给大众看，等待大众做出判断。即使下定决心要打造出受人喜欢的东西，那件"喜欢的东西"也很难实现，很难揣摩，而且要让他们喜欢我"打造出来的东西"只会难上加难。

偶尔见过几个因为有人喜欢自己而蔑视

对方的人,这样的人都没什么好下场。我并不是让大家在工作的时候总是想着这些,但是一定不要忘记,认知度和人气都来自大众,拥有的舒适与财富也是大众给的。

我的意思并不是说要成为没有灵魂的木偶,被人牵着鼻子走。只要你做的是自己喜欢的事情,迟早会得到认可。总有一天,"我"的存在会被他们看到。每个人的"那一天"都不一样,但"那一天"迟早会来到我们的人生。

人生是艺术。艺术家们,加油。

一句话

感觉自己好像总是在走一条不好走的路。有时感觉自己过得不错，其实完全不是这样。我这么郁闷，这么难过，很想倾诉，却找不到合适的地方。街上的人们好像都在笑，为什么只有我这么辛苦？

这样的时候，感觉自己无论在工作上，还是在人际关系方面都显得很无能。只想着奇迹降临，发生让自己幸福的事情。然而我自己也知道这不可能，于是更郁闷。总要做些什么才好，总要做成点什么才好，越想心里越急，想要的总是不能如愿实现。面对令人茫然的现实，我感觉自己变得愈加渺小。这种时候我常常念一首诗：

愉快地完成工作

喝一杯茶

茶水的泡沫里

依稀映出

无数张

我的笑脸庞

无论如何，会好的

读了太宰治的诗，感觉有人理解我的辛苦。每当这时，我都会莫名其妙地流泪，同时也会振作起来，重新获得活下去的勇气。

有一天，我做完所有的工作，在地铁上听到了出人意料的广播内容："各位乘客，现在列车正在通过汉江，请抬头看窗外。谢谢各位坚强地撑过这一天，辛苦了。天气寒冷，请注意保暖。"

"谢谢各位坚强地撑过这一天，辛苦了。天气寒冷，请注意保暖。"或许是因为那一天过得很辛苦吧，泪水几乎夺眶而出。也许我们需要的并不是什么冠冕堂皇的安慰，而只是一声感谢，一句"辛苦了"，一句关怀的话。

通过SNS，我收到了很多信息。"我为此苦恼。""怎么办才好呢？""如果是您，您会怎么做？"自己解决不了的问题不断积累，变成苦恼终于溢出提问者本人，传递给了我。为了尽自己的微薄之力，我把自己的方式和方法告诉他们。神奇的是，他们无一例外地说："多亏您了，事情已经解决。"这时我甚至会产生错觉，误以为自己是"所罗门"[1]。不过，看到向我诉说苦恼的那些人的SNS，这样的想法自然就破灭了。

如果是我，我会做出什么样的举动，我有什么特别的方式，我把这些作为回复告诉他们，然而真正按照我的回复来处理烦恼的并不多。他们似乎已经知道了属于自己的正确答案。大部分情况都是这样。只要把烦恼倾诉给某个人，就会感觉积压很久的东西得到释放，然后用轻松的心情去面对事情。

回头看自己的时候，我好像也是这样。我独自承受着无法向任何人诉说的痛苦，这

---

[1] 所罗门，古代以色列-犹太王国国王（约前960—约前930年在位），其智慧过人。在位期间发展工商业，划分行政区域，建立税收征贡制度，并大修宫殿。

份痛苦最终腐烂，化脓，使我更加痛苦。有时候，哪怕只是把部分烦恼向他人倾诉，也会感觉轻松许多，从而想到解决办法。

我认为，人一次能想到的范围和分量终究是有限的。苦恼也差不多吧。假设一次容纳的分量是一百，如果这个空间全被苦恼填满，那肯定会感到苦恼。

如果把苦恼到处倾诉，为堆积苦恼的地方引入解决问题的方案，用"我一定行"的想法来填充这个空间，那么我们就能轻松前行。

我不知道能不能安慰你，但是有句话我一定要对你说："今天你很辛苦，真心感谢你坚强地撑下来。这一切不会是徒劳，所以我真心相信，一切都会好起来。希望你能度过一个心灵充实又有很多爱的季节。"

心灵和语言

机会需要自己把握,别人随时都会离开。那些不能停留在内心某个角落的话语,还是说出来好。

一捧沙

人际关系到底是什么？各种各样对关系的思考会让人心生疑惑："我究竟是什么样的人？""我身上值得别人学习的地方多，还是不值得学习的地方多呢？"不知不觉间，单纯的疑问变成深深的苦恼，重新回到自己的面前。那么，我到底是不是好人呢？如果我成为身上有很多地方值得学习的好人，那么身边的人是不是就不会离开我了？

算计，虽然有很多意义，但是在人际关系中经常被用作"计较自己的利害得失"的意思。权衡利弊，如果对自己有利就千方百计抓住，如果有一点点损失就甩掉或者置之不理。所有的人都是这样吗，还是只有我遇到的一些人是这样？

看到那些在自己有需要时就去联系别人的人，我想的是"我要成为被人需要的人"。那时我二十岁。七年后的今天，我似乎真的在某种程度上成了被人需要的人，然而我却感觉空虚。就像在一个箱子里使劲挥手，想要抓住什么，最后除了灰尘什么都没抓到。我就是这种状态。

留下来的不是人际关系，而是孤零零的我。这是因为没算计好，没有权衡利害得失吗？空虚、失落、烦躁、气愤，这些情绪让我身体的每个角落都变得敏感。

我希望有人不加算计地对我，也希望自己不加算计地对待别人。我不想因为偶尔的问候而变得敏感。"今天和你一起吃饭，吃得很好，我来买单！"我希望可以经常说这样的话。我想敞开心扉。

在某个凌晨，突然想念某个不特定的人。想见的人越来越少，思念却在加深。就是这样的凌晨，这样的近况，我常常觉得自己没有朋友，没有可以倾心畅谈的人。即使身处人群之中，我仍然感觉孤独。当你强烈感受到那种孤独的时候，无论是与人相处，还是与人见面，都会感到疲惫和厌烦，继而更找不到可以倾诉的地方，心灵变得愈加贫乏。

只有我一个人在人际关系方面这么累吗？我就这样捧着一颗贫乏的心，追问自己："人们为什么要离开我？"这个问题让我伤心了很久。我想起那些离开我的和依然与我保持联系的人。和某个人在一起，如果"一直"盯着看，就会看到值得学的和不该学的东西。不知道是不是巧合，在值得学习的人身上会持续发现值得学习的东西，而在不值得学习的人身上也会持续发现不该学习的部分。有过这种体验后，每次与人交往，我会很自然地知道自己和什么样的人合得来，喜欢什么样的人。

"无须刻意迎合，感觉很舒服的人，见面就能让彼此感到安慰。"

我喜欢这样的人。我想，既然喜欢这样的人，那么我是不是可以在人际关系中采取相似的态度呢？一瞬间，我觉得人际关系与手里握的一捧沙没什么区别。我喜欢的人的态度和今后在人际关系中我需采取的态度差不多是一致的。

想做好人，想成为值得学习的人，千方百计想要牢牢抓住某个人，这些就像握在手里的一捧沙，握得越紧，流出去的越多，最后连努力的痕迹都消失于虚无。如果不假思索，毫不用力，沙子也会流到手外。我只要轻轻松松地捧住手里的沙子就可以了。

我们不一定非要强求自己成为一个什么样的人，因为总会有那么一个人，无论我变成什么样子，无论我处于怎样的境地，他都会守护在我的身旁，像留在手里的沙粒。

这样一想，我的心情就轻松了许多。看到那些即使我做错也仍然陪在身边的人，我决定对离开我的人视而不见。还有那些在我最痛苦时照亮我的宝贵的缘分，即使在我最夺目的时刻，我也不会忘记，我会释放更多的光芒,更加珍惜它们。当我彷徨在寒冷的黑暗之中,那些伸出手来让我不要迷路的人,我要在我最夺目的时刻为他们付出我全部的爱。

放下

当你感到疲惫和艰难的时候，你应该放下手中的行李。不需要的东西要敢于扔掉，认为需要的东西要赋予其理由。真的是我需要的东西吗？仔细看看你所赋予的理由，你会发现，其实并不是真的需要，只是作茧自缚罢了。

工作也好，人也好，如果放太多在身边，自己都会受不了。偶尔放下，有时舍弃，这样脚步就不会太沉重。负担越轻，走得便越远。我们可以舍弃一些，也可以放下，不必肩负一切前行。

舍弃，放下，忘记，心情会变得轻松。这是非常新鲜的感觉，仿佛做什么都会成功。

麦迪逊公园11号

这是纽约的一家餐厅，二〇一七年被评为"世界最佳餐厅"。我看了有关这家餐厅的纪录片，明白它之所以被评为"世界最佳餐厅"并不单纯是因为"味道"。他们用远超顾客期待的标准接待顾客。只要和顾客有关，再小的细节都不会被他们放过。

给我印象最深的是"放盘子的方式"。即使是一个盘子，他们也不会随意摆放。为了让顾客在翻过盘子时，直接从正面看到商标，每个盘子都会被精心摆放，尽管没有顾客会翻过盘子逐一确认。他们连最容易被忽视的地方都如此在意，这种用心与考虑不能不令人感动。

我在首尔也经营咖啡店。每周都有无数令人感激的顾客光临。我想带给他们的是感动。得到预期的待遇，人会感到满足，得到超出预期的待遇则会感动。所以我不仅想让他们满意，还要让他们感动。

我从未轻视空间的意义。也就是说，我不是将咖啡店仅仅当作赚钱手段。地面和天花板营造出温馨的空间感，桌椅让人感受到舒适，挂在白色墙壁上的作品和映在墙上的影像给人以温暖，蛋糕与热咖啡相得益彰。

为了让人们在这里享受悠闲的时光，为了让人们感到舒适，为了让人们尽情庆祝珍贵的纪念日，为了促成可能改变某人一生的艺术作品的诞生，为了实现所有的想法，我们努力装饰空间，营造氛围，为每位顾客奉上温暖和诚意……每件事都耗费了很多心力。走进这个空间的人，迎来的或许是一生唯一一次纪念，我用这样的心态对待每一位顾客。

咖啡店如此，何况是书呢？策划的书和亲手写的书，少则数千人，多则数万人阅读。一直以来我对读者都充满感激。正因如此，我的心情总是很沉重。我应该一味地说些好话，还是说些无关痛痒的安慰？我应该多说乐观的想法，还是如实表达自己的内心？

还有很多苦恼错综复杂，没能解决，但是有一点毋庸置疑，那就是心，尤其是"真心"。不论是写作、拍摄视频，还是开咖啡店，都要用心去做。尽管心里充满不安和恐惧，但是我会永远诚心诚意，而且依然充满感激。

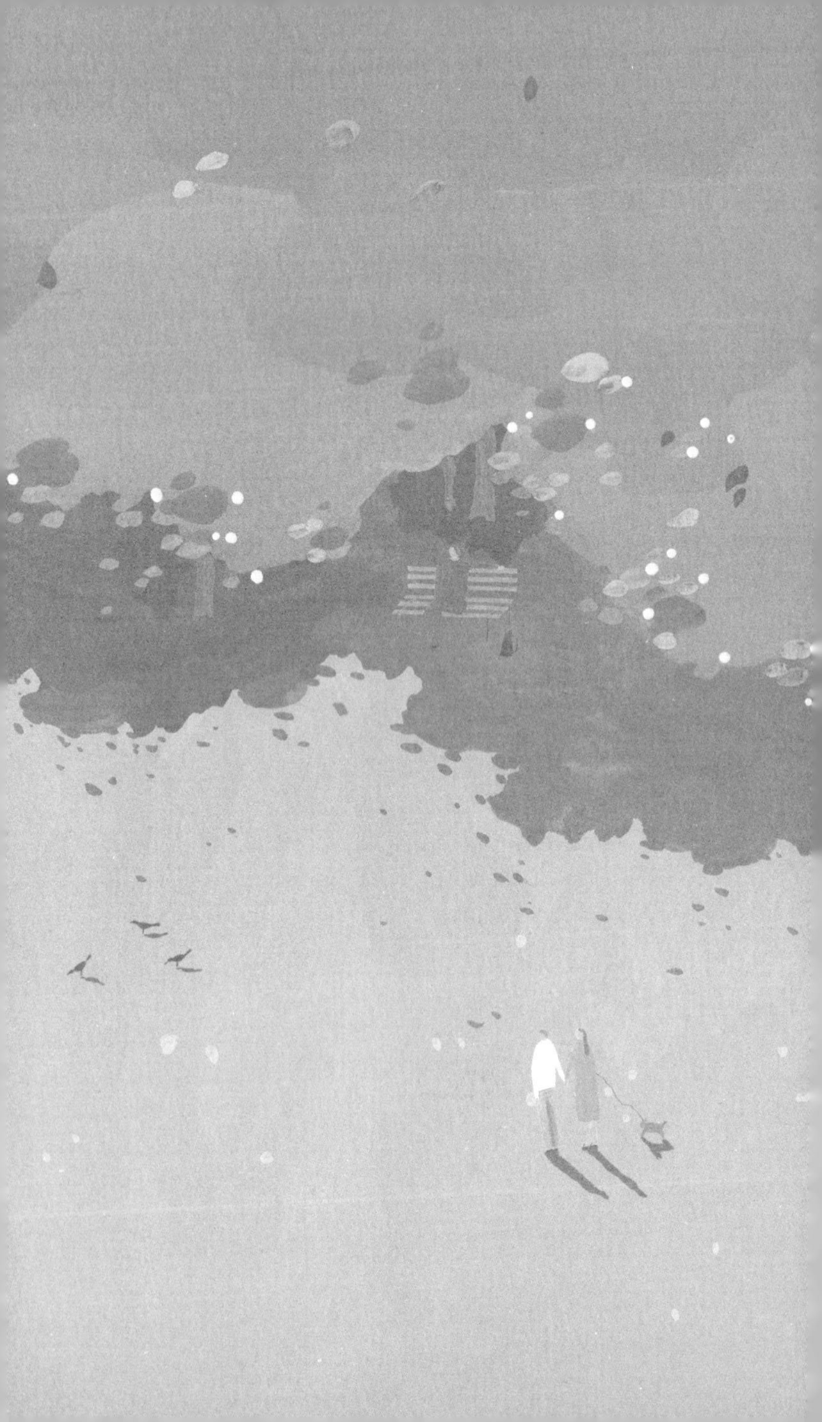

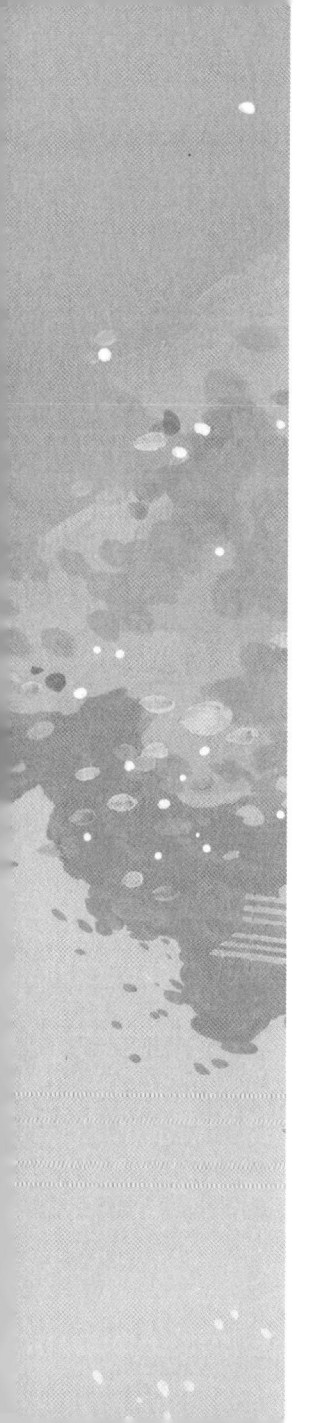

第四章

总之,你要幸福

相貌平平，才华也不算过人，喜欢说话，喜欢与人交往，同时也从别人那里受过很多伤害，贪恋得不到的东西，经常羡慕别人，想做的事情很多，偶尔会悲观，偶尔也把事情闹大。这些都是我。

我曾经讨厌这样的自己。想到自己一无所长，我就特别讨厌自己。我在自己的位置发出夺目的光，然而我又无法专注于自己。我讨厌这样的我。

但是，我并不讨厌那段讨厌自己的时光。毕竟现在的我开始爱自己了。将来我也会持续发光，尽情美丽。我会像什么都没发生过似的继续努力，所以不要惭愧，一切都是我的事，都是我的选择。过去所有的瞬间都是我，所有即将到来的瞬间也是我。所有瞬间都是为了我，所有的一切都属于我。希望我能尽情地过好当下。我找到的，但愿是幸福。

心态

虽然我走过的岁月不算漫长,但也明白人活着终究都会辛苦的道理。即使是做喜欢的事,即使是按照自己想要的方式,也还是会有艰难的时刻。

我期待的最好心态是"把一切都当作好的经历"。这也是在艰难时刻依然保持内心平静的方法。只要保持这种心态,无论遇到什么情况,无论遭受什么考验,都有信心承受和克服。总有一天,这一切都将成为经历。

责任

我们还要学会对现实负责。如果对自身所处的现实有了责任感，生活的欲望就会变得强烈，也便有了活下去的力量。责任感是很有价值的，依靠它，我们能创造出属于自己的价值。努力为世界贡献自己的某一部分，并付诸行动。学会负责，力量也随之而来。

换言之，我有多少幸福，就要为幸福承担多大的责任。

月光和真心

我喜欢明亮而温暖的东西，因为这些通常会让人微笑。每当看见笑脸，我的嘴角也会不自觉地上扬。幸福浸润心灵，眼睛看向那人眉间美丽的皱纹，耳朵集中于那人的笑声，记下所有的瞬间。世界上没有不美丽的笑容。我想让你一直都美丽，希望你笑。我常常在想，你想要的是不是我想要的。你常常对我说，希望我幸福。我也希望你幸福。只要和你见面，月光都会散发出浓烈的芳香。芸芸众生之中，我和你彼此真心相待，这就是爱。月光的芳香越来越浓，能够感受彼此温度的季节也快到了。希望我们不要放开彼此的手，永远永远"紧紧"握在一起。

喜欢的东西，一起。
想看的东西，一起。
希望一直这样下去。

渴望过好生活的心情

我真的很想把生活过好。那就会想到要多赚钱。那么，生活过得好不好，衡量标准究竟是什么呢？这个标准存在吗？被别人认可，算是过得好吗？还是扪心自问时，能够给出自己的回答就算过得好呢？那么现在，我过得好吗？

每天早晨自问活着的理由，回答总是一致，无非是同样琐碎的日常生活。有时走到描绘过的未来，发现和我想象的有所不同，我便会感到失望。尽管如此，继续生活下去还是可以找到不同的答案，有时还能找到新路。我为什么活着？我要怎么生活？生活的主体完全是自己，所以我不停地反问、醒悟和渴望。

第二天，我又会怀疑、提问，一天天就这样持续下去。总会好起来的，抱着这种心理和想法，鼓起让自己向前一步的勇气，我好好地生活。反正时间在流淌，今天总会过去，与其盲目期待明天的幸福，不如寻找当下的幸福。

下划线

先画一条下划线，在上面写字。字要限定写在下划线之上，这样不太容易写出想要的字号和字数。如果先写字再画线，那就可以把想要的字号和字数放在下划线之上。

我们最好不要先把自己束缚在下划线的范围里，因为可以做的事无穷无尽。一切皆有可能，一切都可以做到。不要自己画地为牢。

练习放松

回顾曾经走过的旅程,我有太多想要做成的事,希望有太多的东西陪伴在身边。我不停地期待。虽然有些如愿以偿,但那些迫切想要的大多都没有得到。

期待所爱之人不离开,希望在喜欢的事上做得风生水起,这些期待都包含着被认可的强烈欲望。希望有更多朋友,希望赚更多钱,希望更幸福。欲望无穷无尽,面对已经拥有的不再感到满足。

因为无法满足而变得冷漠,因为我的冷漠,身边的人陆续离开我。看着他们离去的背影,我把原因归咎于他们。情况没有改善,类似的事情反复发生。人们离我而去,我把原因归结于离开我的人们,这样的生活不断重复,最后只剩下我一个人。孤独的情绪无声地占据了我的心。"原来这就是孤独",我意识到自己为了满足欲望而放弃了珍爱的东西。

尽管是我主动舍弃,然而对于被我舍弃和离我而去的一切,我逐一寻找理由,却在这个过程中受伤。我恨离开我的人,汲汲于寻找他们的问题。问题都在我身上,我却追问对方,厌恶他们,导致他们离开我。

于是,我渐渐地害怕离别和会面,继而对所有人心怀警惕,不再相信任何人,总觉得对方会伤害我。我不再轻易靠近任何人,也不再轻易敞开心扉。越是这样就越孤独,自己就越发被孤立。当我付出真心的时候,又会没有节制,从而受到另一种伤害。人都是一样的。当我冷漠的时候,人们因为我的冷漠而离去。当我热情的时候,他们又因为我的热情而躲开。

对我来说,什么是重要的,又该怎样守护这些重要的东西,怎样实现自己的期待?时间流逝,各种经验不断积累,与很多人相遇又告别,经历过这些之后才能对此有所了解。

"适度放松对待。"

这是我体验过的最好的方法。不用刻意努力维持关系。不要认为自己喜欢的别人也会喜欢。我是我,别人是别人。不要期待付出多少就会收获多少。与人保持适当的距离,在关系中放松。我就是这个意思。

工作也差不多。我曾经把金钱作为人生目的本身。为了赚钱而拼命挣扎的时候,反而失去了金钱。那时我把金钱视为全部,一切都是金钱的附属品。结果显然是失败,为了赚钱而开始的行动反而导致我失去金钱。那时我切实地感觉到,有些东西远比金钱重要,并不是战战兢兢地苛求,就能得到想要的东西。

现在,我满足于自己的生活。不,不仅仅是满足,我过得很幸福。我真的知道了自己想要做什么,而且也有亲爱的人陪伴在身边。我只是做了想做的事情而已,期待的就如约而至。以前需要工作一个月才能赚到的钱，现在只要讲一个小时课就可以得到。

给生活，也给对方留下思考的余地，不要战战兢兢，也不要苦苦挣扎。恨别人，归根结底只会消耗自己的感情和时间。不要再讨厌你讨厌的，要更喜欢你喜欢的，保持适当的距离，成为拥有炽热心灵的温暖的人。

总之，我希望自己放松，有感觉地生活。

判断

我想培养自己如实看待事物的能力，不要仅凭穿着、发型等外表特征来评价和判断一个人。虽说一切都源于态度，但有时也会无可奈何，我们应该理解这种无可奈何的发生。我不想用瞬间判断一个人的永远。

我问自己有没有戴着有色眼镜看世界，专注于我说的话，很快就有了答案。我曾经在对人毫不了解的情况下先行做出判断。对那个人来说，这该是多么巨大的痛苦和伤害啊！我这么想，是从我被别人预先做出判断的时候开始的。

当然，要想不做草率的判断，如实看待世界是多么困难啊。有了判断就开始期待，期待会促使人思考，思考则会导致失望。要想不对世界感到失望，那就要知道"这个世界本就不存在完美的人"。个人的标准和尺度只适用于"自己"，不要过分关注他人。如此，你就会发现，别人也没有过分关注你。

人们通常认为，了解越多，就越容易做出判断。诚然，在某些地方，或者很多时候都是这样。不过，有时，了解越多，也越容易判断失误。因为了解得多，人们就会更加坚定地相信自己由大量经验与知识建立起的认知，不容改变的固定观念也就随之形成。

人际关系也是如此。有关某个人的信息和经验会形成别人对他的固定观念。了解，并不是在所有场合都重要。重要的是做出适当的判断和决定。有时自以为很了解对方，但那个人却做出了与自己的想法截然不同的决定。

你计算过别人出现在你面前需要的时间吗？呆立在你面前的他，脸上露出表情之前有过多少哭和笑，皱过多少眉头，你计算过吗？他的话里包含着多少思绪，多少伤痕，多少痛苦和喜悦，你计算过吗？我们什么都不知道。简单做出判断是不可行的。没有什么准确无误，随时都会有变化。越了解越要慎重，越要冷静，至少要留出思考的余地。

人的性格也不会突然形成。真心来自态度，话语包含心态，热情来自行动。没有什么是空穴来风。数十年形成的性格不会轻易改变。不要试图改变别人，也不要因为对方不改变而失望。请记住，别人随时可能离开你。即使离开，也不要太悲伤。离别不可避免，而爱则常在身边。

无论在哪里，人都需要得到尊重。希望你在任何情况下都不要轻视自己，希望你永远都要爱自己。希望你不要去寻找远方的幸福，而是守护好身边的幸福，心里常怀着爱，用美丽的语言装点你周围的一切。

我这个人

我是怎样的人？我会成为怎样的人？我想做怎样的人？这些突然产生的念头在我脑海中盘旋了好几年。至今，我还是不清楚自己是谁，不清楚希望自己是怎样的人，想以怎样的心态和情绪生活。

对于要相伴终生的自我都如此无知，将来的生活还会好吗？人们首先会担心，担心解决不了任何问题。首先我要了解自己，然后仔细观察构成我的一切。

我，金相贤，男，儿子，孙子，男友，作家，代表，相贤先生，好朋友，咖啡店老板，一个认识的人，曾经关系不错的朋友，不错的人，不怎么样的人。啊，他是谁来着？

我只是一个人，然而我这个人却扮演多个角色，拥有多张面孔。我过得还算好吗？有没有让别人失望？有没有过让人落泪的言行？想到这里，某个人的面孔会骤然浮现在脑海。对不起，抱歉。我想借这篇文章表达我的歉意。

一个人的脸上、话语里藏着他的人生。脸上的表情和说出来的话里承载着生活的痕迹和曾经有过的挣扎。我又有什么样的表情，说着什么样的语言？我去卫生间照镜子。

我的头发是自来卷，有点蓬乱，所以不能留长发。我喜欢端端正正的分头。我希望自己显得整洁、端庄，这种心理反映在了发型上。右侧和左侧的比例差不多是3∶7，连续几年保持不变的发型，我的头发已经记住了这个形态。不需要擦发油、喷发胶，头发也会自然而然地分过去。

低垂的眼睛，这是我看世界的一种方式，也是给人"善良"印象的最重要因素。我有两只眼睛，世界就有两个模样。我这样想，所以也用这样的方式看世界。两只稍稍不同的眼睛。

我的鼻子比别人翘。也许是这个缘故，有人嘲笑我长着"猪鼻子"。学生时代的我比较胖，这也是很重要的原因。因为这个绰号，我不敢在人前发表自己的意见，还因此被人戏弄。为此我常常默默流泪。那时候，我觉得"胆怯"之类的词语就是为我而存在，为了形容我而诞生的。

因为身高刚刚好，我能在适当的高度呼吸平均值的空气，注视这个世界。因为需要忍耐的事情太多，也常常要奔波，所以腿变得格外粗。

这一切都是我，都构成了我的模样。我曾经因为和别人不一样而讨厌自己，也曾因为自己太过普通而试图摆脱。总之，这一切都不是问题。一切想法都是因为我未能认可自己，从而讨厌自己。

我试着微笑，低垂的眼睛仿佛在说话."我一笑起来就成为更善良的人！请放心靠近我！"微微翘起的鼻子也在说话："请靠近，仔细看这里，这是一个倒过来的心形。我不是坏人！"笑起来的样子真好，我希望自己经常笑，给人留下更温柔的印象。哪怕生活艰辛，也不要失去微笑。

因为那些造就曾经的我和正在造就现在的我的人，我哭哭笑笑，并且在其中学到很多。别去想太多，即使犯错也一笑而过。不痛苦，假装没事，偷偷哭泣。学会了这些，事情就变得容易了。万事开头难嘛。

有时也会出于种种原因不能陪伴喜欢的人。我见过有人因为金钱争吵，也见过有人批判做梦的人，还有人不把承诺放在眼里，因为想做同一件事而聚集的人们也会在某个瞬间心灰意冷。

没有期待就没有失望。不想太多，就不会想起吗？下定决心不再期待，反复叮嘱自己不再去想，结果还是失望，还是不停地想起，这该怎么解释呢？虽说健康是第一位，可是想起某段关系就忍不住想喝杯酒，这又如何是好？

即使信不过的人比信得过的人更多，然而冬天越冷，春天也就越近，一切都会变好，所以我还是愿意再次相信。

经历了各种各样的人际关系，我发现所有人都忠实于自己的幸福。每个人都在追求自己的幸福与安宁。伤害我的人肯定也有他们的理由。现在看起来无法理解，不过我想，总有一天我会理解的。

我希望自己熟练掌握这样的方法，能以轻松的心理和态度面对自己和人际关系。我希望自己掌握缓慢迈步，加大步伐的方法；掌握多思考，把人留在身边的方法；也掌握关心他人的方法。与此同时，我还要培养即使摇摆也不放弃信念、不断挑战辽阔世界的勇气，积极思考活下去的理由，这些都是为了人生的幸福。

我想把这些永远珍藏在心里。

理由

有时候，我们会因为某个不理解的判断而要求给出理由。其实，一件事的发生，背后有许多状况及矛盾。不得已的痛苦、悲伤和伤痕，综合起来就成了拼图，从而理解了那个人，理解他为什么必须这样做，为什么只能这样做。

所有的事都有其发生的理由，都值得我们在理解的基础上做出判断。

忧伤的文字

每当我感到辛苦的时候，我就会去书店。有一种气氛只有书店里才能找到。很多书，也是很多作家和编辑、设计师、营销人员投入热情，辛苦做出来的书。我会看看最近哪些书受欢迎，哪些书被放在书架又渐渐被遗忘。

所处的情况不同，打动我的书名也有所不同。看一眼封面和书名，我猜测会是一本怎样的书。翻开内页，看看作家的话。如果感觉是一本饱含作家真心的书，我就会毫不犹豫地购买。有的书能走进正面临困境的心灵。翻开这样的书，也许我能感受到相似的心境和感情，或者说被一个人的想法彻底触动。有的文字让我感觉格外忧伤，有时我会因为文字过于忧伤而想去抚摩。

有时就是这样，文字在眼前闪烁，只想伸手抚摩。近来，我真的、真心地、真诚地想竭尽全力地好好生活。我想好好活下去。按照我的标准，好的人生就是拥有属于自己的坚定意志和信念，身边有分担悲伤和分享喜悦的人，想法延伸为语言，语言延伸为行动。

最近，我的想法经常无法更多地融入生活。不仅是正在写的作品，而且在很多方面都有空落落的感觉。

感觉空虚的时候，我会受到更多来自孤独的刺激，做出更激烈的反应，因为我的心是空的。心像空荡荡的罐子，越来越敏感，受到外界刺激时发出的响声也越来越大。

我也想让心灵变得充实，可我做不到。用我最讨厌的话来形容，那就是"不得已""没时间"。不到一个月，很多曾让我感到充实的人离开了，这让我很受伤。金钱、数字、爱、利害关系……一切就这样离开我，不给我挽留的机会。

到了这种程度，我不想和任何人见面，却又觉得应该见人。我想找个人倾诉这一切，但是，没有这样的人。我想尽情流泪，说出所有的真心话，然而身边所有的人都没有这份闲心。

我感到悲伤。我的心不过如此，我的人际关系只有这么浅薄，这让我感到悲伤。悲伤的时候，连个来到身边的人都没有。我只是想过好人生而已，然而心里却像是伤痕累累。

这样的时候，那些和我拥有相似的苦恼，仿佛也是在书写我的文章、歌曲和电影给了我安慰。发自内心记下的决定和感受，亲手写下的旋律和逐字创作的歌词，用演技展现出的行动带给我安慰。

我也想成为这样的人。我也想成为这样的安慰。我想成为写出这种文字、拥有这种心态的人。我想成为为伤痕涂抹药膏的人。我不会减少对别人的心意。我想成为可以让人随时依靠的人。我也希望有很多值得庆贺的事情发生。

不得已

怎么会发展到这个地步呢？真是想不明白。明明是出于好意的举动，却被理解为全然相反的意思，于是事情完全扭曲，甚至有人因此离开。

越是这种时候，越不要自责，因为根本不可能让所有人都满意。

我们生活在人群中，身边有各种各样的人，然而，从某种意义来说，人生之路终归要自己走。即使说出自己的烦恼和痛苦，有时也得不到你所期待的关注。毕竟不是自己的亲身经历。

孤独普遍存在于每个人的生命中，我们为了摆脱孤独而工作、与人相处、与人相爱。我常常想，孤独是不是维持关系的润滑剂呢？

本来过着热闹的生活，某一天突然只剩一个人，孤独不期而至。如果问，你不孤独吗？我当然会回答"很孤独"。身处人生困境的时候，我们会找人见面。有时找爱笑的人；有时找可以安静坐在咖啡店里消磨时间的人；有时也会找爱说话的人，从早到晚说个不停。

没过多久，或许因为太无聊，反而想快点回家。大部分时候都是这样。

当孤独再次来袭，又会重复这些非必要的事，继续这种低效的见面，然后再去后悔。尽管下定决心将来不要再这样，然而遇到类似的情况，还是会重复。

经历过非必要且低效的见面，就会遇到许多只在需要我时才来找我的人，像理所当然的程序。我讨厌那些只在需要的时候才来找我的人，我不喜欢变得像他们那样自私，可是我好像也正在变成这样的人。很多时候我都在想，也许我经历的人际关系不如他们多。人都会在需要的时候去找某个人，原因想来也很简单，那就是"不得已"。人际关系中,这样的感受更加真切。

现在,我决定不再浪费太多心思了。即使我绞尽脑汁思考人际关系,时间依然飞快地流逝。有的地方下雨,有的地方阳光灿烂,雨伞只在有需要的时候才会被使用。关于人际关系,我明白了这样的道理,我的幸福完全取决于我自己。我希望自己能心平气和,永远幸福。

一流和二流

毕业于地方大学，事业还处于起步阶段；虽然坚持出版图书，却从来没有做成畅销书；不论走到哪里，不论做什么，都不是一流。我又不希望被人说成是二流，那就做一流吧。我不想这样，因为我不想这样区分，也不想这样被区分。

无论是一流还是二流，重要的是做好自己的本分。一流做的事情，也许二流能做得更好。二流做的事情，一流也可能做不好。事实就是这样。我认为，当今韩国，一流和二流的差异归根结底在于资本。资本可以在短时间内积累，而人、爱和经验却不容易积累。

一流也曾是二流。我要和包括我在内的二流们握手，送去掌声。

且不说金钱，我们只要幸福。

幸福

地铁站的电梯出了故障，上楼梯需要走很多级台阶。平时不知道乘坐电梯如此方便，这回一级一级地爬台阶，才算体会到了。

我曾经为别人祈祷，祈祷他的生活充满幸福。如果真像期待的那样，生活里只有幸福，当然很好。然而，生活里若是只有幸福，恐怕也很难真切地感受到幸福是什么。有个明确的事实就是，幸福夹在不幸和不幸中间。只有面对不幸和不幸之间的幸福时，我们才会更加欣喜，感受才会更加真切。我们不要排斥即将到来的不幸，因为随后而来的就是幸福了。

我想把身边或大或小的幸福全都种在心里。即使不是每天充满幸福，也要让积攒起来的幸福欣欣向荣地成长，让我们持续幸福。

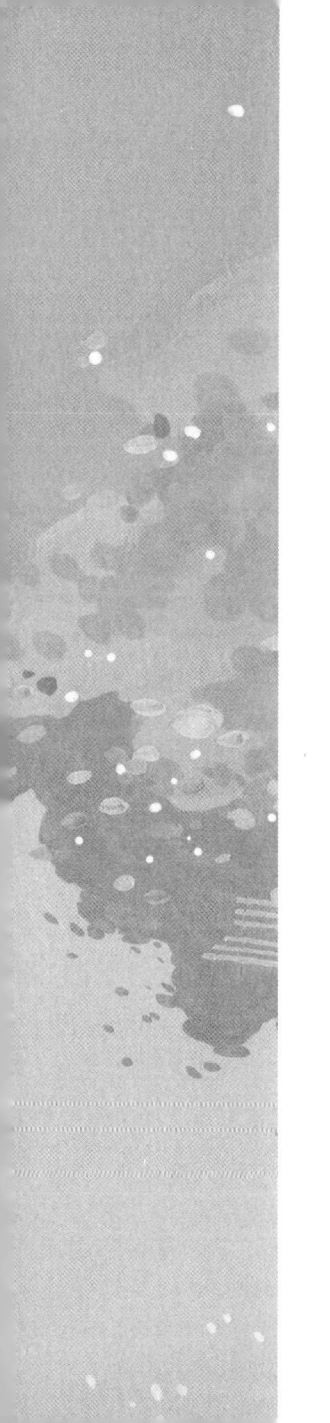

第五章

对内的标准

电视屏幕里的和SNS上的人们闪闪发光，我为什么不能像他们那样优秀呢？我为什么没有他们那么帅，没有他们那么富有？我活在现实中，脑子里却不停重复着这些想法。

夜深人静的下班路上，我看见熄灯的店铺玻璃窗上映出自己的面孔，不由得大吃一惊。轮廓黑乎乎，仿佛映照出我的内心，仿佛我这个没有任何色彩的黑人现出了原形。

我渴望变得华丽，变得明亮，于是我像自己羡慕的"他们"那样穿衣服，像"他们"那样吃东西，像"他们"那样行动。然而越是这样，我却越畏缩。为什么会这样呢？为什么我不能像他们一样，为什么我总是变得平庸？

理由很简单，因为我不是他们。当我看待自己的标准不是"自己"，而是"外界"的时候，我便会讨厌自己。越讨厌自己，我就变得越平庸，越畏缩。明明是自己把自己变得平庸，却又责怪和讨厌变得平庸的自己。

这就是恶性循环。

"我难道不可以喜欢我吗？我只能是我吗？"思绪的闸门打开，我却不知道该从哪里喜欢，又该怎样喜欢。苦恼。我该从哪里开始呢？我该怎么做才能让思路流畅呢？

突然，当我想到"我喜欢别人的时候是怎样想的呢"时，问题立刻变得简单了。当我了解那个人，自然而然地了解他的每个优点的时候，我会在某个瞬间喜欢对方。我决定把这个过程用于自己。

我要了解自己喜欢什么、讨厌什么，为什么而悲伤，为什么而感动，我擅长什么，可以长时间坚持做什么，自认为不足之处是什么。就这样，我在努力了解自己的过程中逐渐喜欢上了自己。

当标准从外部转向内部，我就成了自己。原本指向自己的厌恶也变成了喜欢。当然，我也不会因为喜欢自己一次就永远喜欢，偶尔还是会讨厌自己。

每当这时，我就寻找重新喜欢上自己的方法，比如旅行、认真观察自己、独自思考。有时我想做些莽撞的事情，后来还是放弃了。

我依然在练习喜欢自己。

如果不开始，
就无法起步

德国哲学家尼采在《人性的,太人性的》里说:

"万事的开始都是危险的。
但是无论什么事情,
如果不开始,就无法起步。"

这是我最喜欢的一句话,牢牢地刻在我的心里。我甚至想把它写在名片或工作证上。正如尼采说的那样,万事的开始都是危险的。危险可能是失败的全部要素。坚信必定会成功的事,中间磕磕绊绊,甚至以失败告终,这样的事情屡见不鲜。过往的事和将来所有的事情,无一例外都有危险。世界上或许根本不存在不危险的事。

像尼采说的那样,如果不开始,一切都无法起步。我想起柏拉图也说过类似的话:"良好的开端,等于成功的一半。"如果不开始,那就只能后悔。只要开始,结果就是成功和失败，两者必居其一。由此看来，任何事情都是开始为好。

我们最好不要看到别人的成果就暗自羡慕。开始做某件事的时候，我们不要关注他人的标准和尺度，而要学会专注于自己和过程。了解自己喜欢什么、擅长什么，然后再去行动。正如没有努力就没有收获，如果不开始，一切都无法起步。

我们自己的梦想，无须担心别人嘲笑。即使有人说不要做"白日梦"，那也不用担心。哪怕被说成是痴心妄想，也无须放在心上。归根结底，我们期待和憧憬的一切都开始于梦想。

第一次冒险

梵高毕生画了八百多幅作品，然而生前只卖出去一幅。二十七岁那年，他下决心成为画家，从此坚持不懈地画画。当时，这个年龄已经算是很晚了。有生之年他饱受生活之苦，连买水彩的钱都没有，临终之前还要接受弟弟提奥的资助。他在给弟弟的信中写道："只要我认真地画，迟早有一天会获得人们的共鸣。"

像梵高一样，不期待当下的结果，而是深信"迟早有一天"会获得人们的共鸣。某件事是否适合自己，等开始之后再做判断也不迟。真正的来不及是没有尝试，错过开始之后的悔恨。"如果当时试一试……""适合我吗？""有趣吗？"暂时抛开这样的疑惑，把它们塞进口袋里，要在直面与碰撞的过程中去领悟。

在挑战之前，这个疑惑要么由尚未亲身尝试的你来解开，要么便是由对此事不甚了解的他人来回答。

挑战之前会有一系列的担忧，比如："如果得不到我想要的结果怎么办？""如果没有给出标准答案怎么办？"一定要得到想要的结果吗？一定要有标准答案吗？绝不是这样的。我们要做某件事，并不是一定要得到想要的结果，也不是一定要找到标准答案。

第一次冒险最艰难。在这个过程中，我们既能感受到乐趣，也会明白为什么要冒险，也许还能发现意想不到的宝盒。事实上，我们的担忧有太多的"伙伴"，越是担忧，越会唤来更多的担忧。没有必要担心什么，即使得不到想要的结果也没关系。即使尝试去做的事情没有走上正轨，走错了方向也没关系。

方向不对，也许会出现更好的路。要是连开始都不敢，那就永远无法发现这些蕴藏无限可能的路。当然，担心也不可避免。开始时怀疑自己能不能做好，做不好怎么办，失败了怎么办。尽管嘴上说着自己在做的就是想做的事，一辈子都要这样，但是在说这话的时候，心里还是有着不安和怀疑。

但是，当我们真正开始以后，便全然不会有这些想法了。面对不顾一切去尝试的勇气，不安和疑虑也会隐藏踪影。经历得越多，越会明白，与其被无数的担忧束缚，还不如大胆尝试。

足以代表一个时代、举世闻名的画家，都对自己的现状和未来感到不安，但在不安的同时，他在坚持不懈地做自己想做的事，更加热爱自己喜欢的事业。他相信"迟早有一天"人们会欣赏自己的画作。尽管心怀不安，却依然坚持不懈地工作。

开始之前，有人因为不知道能否做好而苦恼，有人面对进展过程中的不安而陷入忧虑。为了避免被苦恼和忧虑吞噬，我们一定不要停滞不前。挑战一旦开始，即使认为这条路不合适，即使遭遇冰冷的现实壁垒，也要满怀信心地克服,默默前行。如果还想继续走下去,那就紧闭双眼,开始吧,快!

迟早有一天,我们都会成功。希望我们的"迟早有一天"会安全抵达你的人生。

忍耐的价值

退役之后，几乎每个季度，不，每个月我都会做一件新的事情。开始新生意、策划新项目，或者出版新书，等等。面对各种状况的时候，我常常感觉到"好难"。

苦难不光来自工作，人际关系中也会有这样的感觉。当我不停地把"好难"挂在嘴边，我所经历和面对的状况就真的更难了，一点儿也没有好转的迹象。我的心思也聚焦于"困难"，态度随之发生变化。

当我意识到这种变化的时候，我知道自己不能再继续这样了。我要改变固定的想法，改变挂在嘴边的话，改变自己的行动。这样一来，我相信情况也会自然而然地变化。也许是这种想法发挥了作用，事情出奇地顺利。

最先改变的是面对困难时脱口而出的话。"好难"变成"不容易"，事情和状况就会进入"容易"的阶段。我们认为很难的事情和状况，只是"不容易"罢了。事实上，变化再多，难度并无不同。

让我变得不同于以往的是我的想法和常挂在嘴边的话。

我们遇到的事情和状况都很难。我们试图改变的尝试也很难。成功很难，变化也很难。或许是这个缘故，失败和懒惰就很容易。

每个人都知道失败和懒惰的方法，然而知道成功方法的却是极少数（不，也许没有人知道成功的方法）。我们回避困难的理由，就是这样做很容易。如果真想取得成功，那就必须克服困难。我们要懂得忍受，甚至是享受艰难和痛苦。

归根结底，人生是痛苦的。生活本身是痛苦的，存在本身也是痛苦的。我们在走向死亡的路上所做出的抵抗，就是以痛苦为代价。因为存在，我们理所当然要承受痛苦，回避痛苦就意味着放弃存在。为了前行，为了流动，我们要和很多东西碰撞。也许是人，也许是环境，也有可能是体制。

之所以做不到，之所以做不好，原因还是"我"。哪怕不是这样，也要这样想。从对待世界的态度和立场来看，这样想要轻松得多。如果把自己做不到的理由归于别处，那么我们将永远痛苦。人生和存在本身就是痛苦的，只有经历过痛苦的人，才能继续前行。

没有痛苦，就没有收获。希望我们都能放松心情，勇敢面对。

反证

我在SNS发表了能够给自己、给别人带去些许安慰的文章，很多读者在SNS上表达了感谢，还有素不相识却向我倾诉苦恼的人，发来很多他们的故事。

尽管不能逐一回复消息，我还是尽量回复那些表达感谢和倾诉苦恼的信息。有一天，我很急切地想要认真回答一位读者的提问。

"活着为什么这么难？我想轻松生活，可我总是遭受挫折，跌倒，越是在薄弱之处越是受到打击，好沉重，好辛苦。"

问题里藏着沉重的苦闷。这也是我常有的苦恼，很多人也这样问过。每当我苦恼的时候，每当有人向我询问的时候，我都会努力寻求答案。我的生活为什么如此艰难？我试图寻找属于我的标准答案。短暂地整理了自己的思路，我把手放到了键盘上。

最后，我发送了这样的回复：

首先,存在本身就是痛苦的。因为我们是人,我们有自我意识,所以能感受到痛苦。我们必须确立清晰的目标和方向。我觉得我们有必要稍微放松,再不断前行。

前行过程中,不可避免地会有很难的时候,也会有走不动的时候。这时我们可以稍事休息,以便给自己充电。

然而不管做什么,都要持续向前,这样才能稍稍摆脱生活的艰辛和痛苦。反正存在本身就是艰辛而痛苦的。

在前行过程中,我们需要坚定的决断力,不去在意他人的标准和评判。不要和他人做比较,而是和"昨天的我"比较。一切标准都是"昨天的我",看看自己比昨天进步了多少。

不要因为挫折和跌倒而失望。挫折也好,

跌倒也好，这本身就是前进的反证。选择弥补缺点也好，选择突出优点也好，无论做出怎样的选择，可能最后都会后悔。最好的选择就是不让自己后悔的选择。

你一定会做得很棒。有失败就有成功，有挫折就有喜悦，有跌倒就有前进。只要你不断坚持，不断前行，迟早有一天你会发现自己在朝预期的方向前进。

真的，累了就休息一会儿再走，有时也可以适当放松，然而我们的人生终究还是需要"前行"。人生就是一个接一个的选择，全部选择构成的就是此时此刻。

人生复杂，却也简单。对于某个选择，不需要苦恼太久，先选择心之所向，然后尽可能让自己不为这个选择后悔，这是最有效的选择方法。

跌倒是前进的反证，挫折是挑战的反证，

我们不能否定跌倒和挫折。只有跌倒过的人，只有受过挫折的人，才能感受到站起来的喜悦。一个人不可能永远在前进。认识到跌倒和挫折是前行路上必不可少的过程，这是我们需要具备的心态。

原来如此

在部队的时候,身为教官的我带了四名士兵。我和四名义务兵一起过军营生活,也经常谈论彼此的"二十岁人生论"。从早晨睁开眼睛到晚上入睡,素不相识的人们生活在一起,需要尽可能地为对方考虑。生气的时候,先忍耐五秒钟,想一想对方为什么会这样,然后再开始对话。

这并不容易。两名士兵互相不喜欢对方,甚至互相讨厌。这是多么痛苦的事情啊。一睁眼就看见讨厌的人。吃饭、洗澡、工作,直到睡觉都是这样。可是,我又不能强迫他们喜欢对方。

怎么办呢?我正苦恼的时候,看到电视正在播放《无限挑战》。不论对方说什么让自己不舒服的话,另一方都说"原来如此",然后一笑而过。那一刻我恍然大悟。即使不能相互喜欢,是不是也可以努力去理解对方呢?即使不喜欢对方,甚至讨厌对方,也试着去想:原来如此,原来他心里这么苦。原来如此,他一定很痛苦吧。原来如此,怪不得他生气呢。

于是,我叫来那两名互相讨厌的士兵,给他们每人一张纸、一支笔,让他们写下自己这样做的理由。面对这个突然的要求,两个人开始觉得很难,片刻之后,他们就一句一句地写了起来。我再和他们交谈,问他们是否理解对方为什么这样做。他们说可以理解,但还是讨厌对方。

每当那两名士兵发生摩擦的时候,我就采取类似的措施,劝他们在思考对方的行为和理由时加上一句"原来如此"。

起先好像没什么效果,这样为对方考虑一个月之后,他们的对话当中渐渐有了理解的成分。我觉得这就足够了。如果可以理解对方为什么会这样,那么即使很难喜欢上对方,至少也不会再相互讨厌了。

从那之后,两个人彼此敞开心扉,迅速变得亲密起来。也许是同龄人的缘故,也许是努力理解对方的结果，确切原因不得而知，但我深信"原来如此"之中蕴含着惊人的力量。

"原来如此"，短短四个字却包含着安抚心灵的力量，然而也正是这四个字，却又很难说出口。必须怀着试图理解对方的心情，仔细考虑对方可能经历的状况，理解他为什么会有那样的心情，然后才能说出这四个字。

直接表达情绪很容易。对方冲我发火，我理所当然地予以反击，但是直接表露情绪之后，需要承受的东西就很难了。很多情况下，我们不知道该怎样道歉。

互相发火之后是尴尬，尴尬之中仍然延续着"谁先道歉"的紧张心理战。"是你先发的火，我不得不跟着发火"，这句话会让情况继续恶化。"对不起，我错了，你好像也有错"，这样的话也不值得提倡。想要先说对不起，然而想到"明明是你先发火，我小跟着发火",再加上自尊堵住嘴巴,"对不起"三个字就很难说出口了。

理解别人很困难,却又是我们在琐碎的日常生活中必须要经历的事情。这个人为什么说这种话,为什么穿那样的衣服,为什么那样走路,等等。我们常常把无数的问题抛向他人,所以理解是困难的。他人的生活和我不一样,积累的经验各有差别,而且看世界的角度也截然不同。

我们不妨给各自狭窄的心一些留白。我们每个人都不一样,因此要认可和理解彼此的不同,进而努力去理解对方的处境。

"原来如此",这样的心态和话语不仅是对他人的理解,也是对自己心灵的抚慰。原来他生气是因为这个,怪不得他说出这种气呼呼的话。终于理解了。我们为理解对方而努力,这份努力也会带给自己安慰。倒不是因为我领悟了真理,也不是因为我超脱了境界,变成了不会发脾气的人,我只是留出时间和空白,敞开心扉,面对所有的事情都想"原来如此,原来是这样,这样也是情有可原的"。

不只考虑一个人,而是考虑到那人周围的一切,这样就能稍微理解了。你会发现自己在心灵的某个角落为那个人腾出了空间。

理解不同2

看完电影《花容月貌》，我觉得很有趣，看完之后常常想起，于是心生好奇，想知道别人看完这部电影会有什么感受。这时，一条评论吸引了我的眼球。"每个人都在按照自己消耗青春的方式成长"，这句话引起我深深的共鸣。

我写作，也演讲，日常生活的焦点几乎集中在出版社和咖啡店。我们出版图书的口号是"我们的故事就是电影"。我们会为咖啡店的客人送上咖啡和面包。在咖啡店，根据咖啡豆特有的香味使用不同的名字，一个是"我们的故事就是电影"，另一个是"理解不同"。无论是经营公司，还是写作和生活，我认为最重要的价值就是"理解不同"。

从写作和演讲的角度来看，我的文字和故事就是源于"对话"。我从流动在人与人之间的东西中获取灵感，也会因为人与人之间的交流而心动。也许听起来有些奇怪，当我想要获得新灵感的时候，我偶尔会在地铁里关掉音量，戴上耳机，听人们说话。我会对和自己的经历相似的故事产生共鸣，也得到新的故事。

和很多人对话，听很多人的对话，最终我们可以了解到每个人都有着不同的色彩，处于各自不同的境况。交流过程中，最基本的就是认识到"我们彼此不同"，进而腾出心灵的空间，理解对方的状况和心情。

哲学家姜信珠也说过类似的话："不是我们找到颜色，而是颜色自己呈现出来。"我们经常使用诸如"寻找属于你的色彩"的标语。也许事实恰恰相反，每个人都早已拥有各自的色彩。如果我的颜色是粉红色，而别人都说是橘黄色，那么我就会认为"我是没有特色的人，我要寻找属于我的色彩"。

我曾专注于"寻找属于我的色彩"。我以为自己还没有找到属于自己的色彩，还是个无色的人，以为这都是寻找属于自己的色彩的过程。回过头看,我忽然发现,因为各种情况或他人,我的色彩只是没呈现出来而已。事实上,我一直都拥有属于自己的色彩。

我没有专注于展示自己的色彩,而是不断尝试,努力寻找属于自己的色彩。这样的结果就是我无法投入某件事,常常觉得自己很渺小。每个人都在寻找属于自己的道路,而我竟然原地不动,仿佛就是为了突出他人而存在。

当我们努力认识到"彼此的不同",我们会把焦点对准自己,进而开始思考理解自己与他人的方法。自然而然,心情也轻松了。

为了寻找属于自己的色彩而付出的努力变得苍白,我在原地找到了曾经那么向往的色彩。我寻找自己色彩的经历也为别人顺利展示他们的色彩提供了启示。不论别人的色彩如何,我都可以思考怎样融合他人与我的色彩。

在此之前,当有人倾诉苦恼的时候,我无法完全共情,或者给予安慰。因为对方的处境和我的截然不同,我无法产生共鸣。当我努力理解彼此不同的时候,对于截然不同的对方,对于他们的苦恼、痛苦和悲伤,我就会有同感。我把自己置于他们的处境,努力对他们的苦恼产生共鸣。

我们彼此不同,所以可以合作。当我们能够理解彼此不同的时候,才能创造更和谐的世界。万事随心,一切取决于我们怎么想。

计划和运气之间

大部分的计划都不会实现。年初制订的计划怎么样了？这些年来制订的无数计划又怎么样了？我也是这样，每次连收尾也计划好了，然而大部分都没完成，计划自然也没有实现。

我从事几项职业。我是作家，是为他人灌输梦想和灵感的演说家，同时也是出版公司的经营者。比起按计划完成，更多的则是意料之外的成功。

"大部分的计划都不会实现"，这句话听起来带有否定意味，不过反过来想，也有很多未曾计划却完成的事情。因此，我们有必要怀着开放的心态面对世界。很多成功的、有所成就的人，并不是从一开始就选择了这条路，也不是从一开始就有这样的想法。"做着做着"就成了，"走着走着"就走了这么远。

即使计划周密，没有实现也不要失望。

再周密的计划，也不可能考虑到所有变数，一切都是"运气"。之所以成功，之所以按计划进行，一切都得益于"运气"。

我们不要因为成功，因为一切按计划进行而自满，也不要因为失败，因为计划没能实现而沮丧。只要我们在此时此刻，在现有情况下竭尽全力，把该做的事情做到让自己满意，那么事态就会朝着好的方向发展。

周密的计划固然是人生的重要组成部分，但是不可能所有的事情都尽如人意。我们需要以更加超然的姿态面对人生。我的实力和能力，最终也决定于"运气"。

管理"运气"这个家伙，方法也是多种多样，逐渐积累的人脉、各种能力，或者有价值的经验，等等。随着我的人生态度的改变，"运气"也会自然而然地到来。当"运气"到达我身边的瞬间，积累多年的一切都会掸掉灰尘，用力放射光芒，促成你的计划。我们要常怀谦卑,等待"运气"的降临。

也许你已经处于计划和运气之间,离成功很近的地方。

令我充实的一切

每天都要做几种不同的事情，于是我常常思考不受打扰的方法。倦怠、无力、空虚等情绪每天都会和我打几次招呼，然而我不想被这些不速之客打扰。

保持平衡，遵守原则、规矩和标准，抵制诱惑，乐观面对痛苦。我不确定自己能不能过好，可是在某个时刻，突然又觉得自己很幸福。即使在凌晨三四点钟结束工作，那种得到安慰的人生喜悦也能让人心潮澎湃。

如果我们能意识到自己在努力不受打扰，努力保持平衡，那就会产生无论什么事都能做好的感觉。

我的原则是"为了让世界更温暖，我要做个炽热的人"。为了成为炽热的人，我要把持住自己的重心。把持重心需要确立规则和标准，这是我为把持重心付出的努力。想尽各种办法，努力度过有计划的一天。

不论发生什么事,必须在早晨八点起床锻炼。

上班时间十点,必须准时到达。

午饭时间尽量节省。

工作日晚饭尽可能简单。

如果没有特殊事项,一定要读书到晚上八点。

每天给自己大约一个小时的休息时间。

睡觉之前,运动、读书各一个小时。

为了保持清醒,工作日不喝酒。

有时我会遵守,有时也无法做到,不过我在努力,希望自己能更多地遵守规则。如果只看一天,忙忙碌碌,却也没什么大的改变,不过,坚持一周、一个月、一个季度、半年、一年,加入原则、标准和规则的人生一定会加速成长。

如果经常动摇,那就会忘记自己前行的方向。忘记了前行的方向,就会怀疑自己为什么要前行,继而得出结论:不一定非要前行。那么，人生就充满了倦怠、无力和虚无。

当然，即使人生充满倦怠、无力和虚无也无所谓，只要不后悔就行。如果你想成为更好的自己，如果你希望过上想要的生活，或者哪怕不是想要的生活，至少也拥有了自己满意的人生，那就要努力充实自己。

确立人生的重大原则，打造属于自己的标准，制定自己特有的规则。做到这些，我们就不会轻易动摇了。

幸福在我心里

我觉得，归根结底幸福都在自己心里。我很喜欢这样一首诗："尽日寻春不见春，芒鞋踏遍陇头云。归来笑拈梅花嗅，春在枝头已十分。"每个人都有不同的解读，而我用这首诗来比喻幸福。

为了寻找幸福，我们做了很多事情，然而幸福真的会来吗？很多人明明知道自己要做什么才能幸福，却不去做该做的事，而是努力从别处寻找幸福。别人这样做了，我也要像别人那样，适应他人的标准，按照他人的标准为自己剪裁衣服，结果穿上不合身的衣服，当然会不舒服。

不要这样。明明知道自己喜欢什么，知道自己怎样做才会幸福，那就不要看别人的眼色，去寻找自己真心想要的东西，倾听自己内心的声音吧。

很多时候，我们对自己过于严格。严格固然没错，不过我们也需要对自己宽容一些。

每个人定义成功的标准都不一样，成功的方法也各有区别，关于成功的书籍、电影和演讲也数不胜数，照搬这些方法就能成功吗？我们不敢轻易将"成功"二字说出口，因为情况和经验都各有不同。

我们需要在自己心里制定严格的尺度和标准。如果标准来自外界，那么每个瞬间都会被不幸包围。

明明都是"我"的事情，却不管不顾地去适应来自外界的标准，这会非常痛苦。越是不行，我们便越是责怪自己，贬低自己。神奇的是，最大限度贬低自己的人恰恰是自己。我们常常把自己贬低到最痛苦、最悲伤的地步。

我想说的是，不要用来自他人和外界的标准和尺度苛求自己。希望我们对自己更宽容，更有爱，更信任。希望我们更加热烈地去做自己想做的事情。

用心

心灵，这个我们常常挂在嘴边的词带给我温暖。交心、用心、心动，这些词都会让我感到温暖。那么，心从哪儿来，又到哪儿去呢？

如此温暖的词语，心灵，从什么时候开始属于我的呢？从根本上说，我认为人是自私的。人性本善和人性本恶，如果非要在两者之间做出选择的话，那么我宁愿相信人性本恶。生来自私，人性本恶的我们，不知从何时开始有了"心"，于是我们不会变得极度自私，也不会继续变恶。

我之所以相信人的自私，相信人性本恶，是因为每个人都容易只想到自己。相比于他人更大的痛苦，人更容易对自己眼前的疼痛和痛苦做出强烈的反应。我以前的文章里就包含了这样的想法。

人生之路终归要自己走。即使说出自己的烦恼和痛苦，人们也不会表现出你所期待的关注。毕竟不是自己的亲自经历。孤独是每个人的生命中普遍存在的基本状态。我们为了摆脱孤独而工作，与人相处、相爱。

本来过着热闹的生活，某一天突然只剩一个人，孤独不期而至。如果问，你不孤独吗？当然会回答"很孤独"。身处人生困境的时候，我们会找人见面。有时找爱笑的人；有时找可以安静坐在咖啡店里消磨时间的人；有时也会找爱说话的人，从早到晚说个不停。

没过多久，或许因为太无聊，反而想快点回家。大部分时候都是这样。

自私邪恶的本性终究战胜不了爱和心灵。只想自己、只为自己的心理和人生只会变得沉重，能够融化沉重已久的心和生活的正是"爱"。

在处于困境的心灵里，为某个人腾出空间，然后在心里燃起火焰，让这个空间变得温暖，让燃起的火苗长久不灭。爱和用心是很惊人也很了不起的事。

我憧憬的爱是这样的：需要对方去确认这份爱；在爱面前常常变得愚蠢；没有算计地面对某个人；不用说出口也能让对方感觉到爱；分享日常；如果同行的路上没有鲜花，那就播下种子，用温暖的心促其绽放，虽然有点晚，不过还能在回来的路上看到鲜花，一起开心；哪怕慢点，也要爱得长久，直到永恒。

从这个意义来看，如果能够遇到你，我想对你说，我浪费了很多青春时光，终于站在了你的面前。

祝词

我不关心你过得好不好。我记住的只有那天的回忆，对你完全没有兴趣。我对你唯一的期待，就是希望你幸福。我以为不期而至的只有不幸和幸福，而你告诉我说爱情也是这样。今年春天，百花盛开的时候，希望你得到最美的爱情。我会小心翼翼地保存好我和你的回忆。希望你站在那里，积攒更多美好的回忆。

我期待，你我都在各自的人生中幸福。祝福你的一切。